WEI YUEDU

微阅读
1+1工程

1+1 GONGCHENG 第二辑

半个月亮爬上来

李德霞

百花洲文艺出版社
BAIHUAZHOU LITERATURE AND ART PRESS

图书在版编目（CIP）数据

半个月亮爬上来／李德霞著．—南昌：百花洲文
艺出版社，2013.10（2020.6重印）
（微阅读1+1工程）
ISBN 978-7-5500-0784-0

Ⅰ.①半… Ⅱ.①李… Ⅲ.①小小说—小说集—中国
—当代 Ⅳ.①I247.8

中国版本图书馆 CIP 数据核字（2013）第 252324 号

半个月亮爬上来

李德霞　著

组稿编辑：陈永林
责任编辑：赵　霞　范毅然
出　　版：百花洲文艺出版社
发行单位：全国新华书店
印　　刷：龙口市新华林文化发展有限公司
开　　本：700mm×960mm　1/16
印　　张：12
版　　次：2014 年 2 月第 1 版
印　　次：2020 年 6 月第 4 次印刷
字　　数：128 千字
书　　号：ISBN 978-7-5500-0784-0
定　　价：29.80 元

赣版权登字：05-2013-339

邮购联系：0791-86895108

网址：http://www.bhzwy.com

图书若有印装错误，影响阅读，可向承印厂联系调换。

前　言

　　以"极短的篇幅包容极大的思想"，才能够以小胜大，经过读者的阅读，碰撞出思想的火花，震撼人的心灵。正因为这样，微型小说成为一种充满了幽默智慧、充满了空灵巧妙的独特文体。

　　如果说在二十一世纪的头一个十年，是互联网大大改变了我们的生活，那么在我们正在经历的第二个十年里，手机将更为巨大地改变我们的生活。如今，以智能手机为平台，正在构成一个巨大的阅读平台。一种新的阅读方式正不知不觉地走进大众的生活。一个新的名词就此产生，它便是"微阅读"。微阅读，是一种借短消息、网络和短文体生存的阅读方式。微阅读是阅读领域的快餐，口袋书、手机报、微博，都代表微阅读。等车时，习惯拿出手机看新闻；走路时，喜欢戴上耳机"听"小说；陪人逛街，看电子书打发等待的时间。如果有这些行为，那说明你已在不知不觉中成为"微阅读"的忠实执行者了。让我们对微型小说前景充满信心和期待的是，微型小说在微阅读的浪潮中担当着极为重要的"源头活水"。

　　肩负着繁荣中国微型小说创作、促进这一文体进一步健康发展的责任和使命，微型小说选刊杂志社推出了"微阅读1＋1工程"系列丛书。这套书由一百个当代中国微型小说作家的个人自选集组成，是微型小说选刊杂志社的一项以"打造文体，推出作家，奉献精品"为目的的微型小说重点工程。相信这套书的出版，对于促进微型小说文体的进一步推广和传播，对于激励微型小说作家的创作热情，对于微型小说这一文体与新媒体的进一步结合，将有着极为重要的作用和意义。

编者

2014 年 9 月

目 录

 # 半个月亮爬上来

日头快落山的时候，乔支书从县里开会回来。

乔支书前脚刚进门，村里的民兵营长杨红旗后脚就跟了进来。杨红旗说："乔支书，你到县里开三干会走的那天晚上，你办公桌上的抽屉被人撬了……经我们调查，是村里的富农分子二骡子干的……"

乔支书不急，一边洗脸一边饶有兴致看着杨红旗说："哦？你说说，二骡子为啥撬我的抽屉？"

杨红旗说："乔支书你忘了？县里的砖瓦厂不是要在咱村招工的吗？富农也要，说是团结的对象，可砖瓦厂必须要盖了大队公章的证明材料才肯接收。据二骡子交代，他也很想去砖瓦厂当个工人，他去找过你，不巧你开会去了县里。这小子胆大包天，就摸黑溜进你的办公室，撬开抽屉，擅自盖了公章……"

乔支书抬手拧着下巴颏，说："那他现在人在哪里？"

杨红旗拍了拍胸脯，以胜利者的姿态说："嘿嘿，孙猴子还能逃脱如来佛的掌心？我已经派民兵把他关押在大队的旧仓库里，就等支书你回来，送他到县里的劳改队……"

"胡闹！"乔支书突然黑了脸，莫名其妙地喝一声。杨红旗吓了一跳，不知所措地看着乔支书。乔支书说："办公桌的抽屉是我自己撬开的，与二骡子无关……"

杨红旗小声嘟哝："可是……二骡子他都承认了呀，乔支书。"

"承认个屁！还不是被你逼得？"乔支书两眼一瞪，"你的手腕我能不知？哑巴见了你，都得乖乖喊你一声爹。不是吗？"

杨红旗不敢吭声了。乔支书说得对，杨红旗自从当上民兵营长后，

他的人生观发生了翻天覆地的变化，他始终坚信，革命不是请客吃饭，不是温良恭俭让，枪杆子里面出政权哩！所以在审问二骡子时，他毫不手软，几个回合，便让那小子哭爹喊娘，领教了他的厉害……

乔支书接着说："我到县里开会的那天早上，二骡子找到我，求我给他盖个公章。去了办公室，却发现丢了抽屉的钥匙，于是我就撬开了抽屉。等我回家收拾东西时，发现钥匙丢在了去厕所的路上……唉，这件事说起来我也有责任，我本该交代一下的……"

杨红旗一脸惶恐地说："是我错了，我不该乱抓人的。乔支书，那现在该咋办？"

"还能咋办？"乔支书摆摆手，"你去把人放了吧。"

杨红旗转身要走，乔支书又叫住了他。乔支书取出纸和笔，刷刷刷，写下几行字，叠好，交给杨红旗说："你不分青红皂白擅自抓人，本该给你个处分。念你尚不知情，我放你一马，就罚你明天一早陪二骡子去一趟县砖瓦厂。顺便，你把这封信交给厂长，也算是将功补过吧……杨红旗，你记住了，时时刻刻算计着把别人往绝路上逼的人，他已经站在了悬崖边儿上……"

杨红旗的脸红一阵，白一阵，恨不能找个地缝钻进去。杨红旗赶紧接过信，低着头，一溜烟似地出了乔支书家的门。

夜晚。

山村寂静。

乔支书靠在被子上，一边抽烟一边看老婆给他洗衣服。老婆取下乔支书裤腰上的那串钥匙，突然想起白天发生的事，便下意识地拎了起来，就着灯光仔细看，越看越觉得蹊跷。老婆说："老乔，不对呀，这串钥匙的绳子是牛皮做的，没有断开过呀……那天，你咋就丢在了去厕所的路上？"

乔支书一个激灵坐起来，狠狠地瞪一眼老婆说："妇道人家，没用的话，以后少说！"

窗外，半个月亮爬上来……

 # 般　配

有人敲响我家的门，进来的是村里的老地主。

如豆的油灯下，老地主灰头土脸，唯唯诺诺。娘取出爹的烟袋杆，让老地主抽。老地主接了，抽得窝窝囊囊，很不顺畅。老地主托着烟杆，吭哧半天说：他婶子，有件事……求你帮个忙。

娘一个愣怔，旋即回过神来说：你是求我给你家水生水草做媒吧？老地主点头如鸡啄米。娘叹一声，眉头挽个疙瘩说：水生水草老大不小了，搁一般人家，早当爹当娘了。可你家呢，成分高得戳塌天，这事不好办哩。老地主一迭声说：那是，那是。娘抠着眉心，也没抠出个名堂来。老地主见状，赶紧插话说：水草说，她要给水生换亲哩。娘一惊，瞪大了眼睛。老地主说：起初，我也不同意。水草就问我，咱家这成分，除了换亲，还有别的路吗？我一想也是，他婶子，你看这事……

娘两手在衣襟上划拉几下说：难得水草这般通情达理。我要是再不帮忙，就不尽情理了。三天后，我一准给你个信儿，咋样？

老地主作个揖，千恩万谢退出门去。

爹看秋回来，听说娘要给老地主的一双儿女做大媒，呱嗒撅了脸，瞪圆了眼训娘道：你是站在谁的立场上啊，你还有点阶级觉悟吗？

娘是个媒婆，不懂得啥叫立场，啥叫阶级觉悟，只懂得帮人穿针引线，成人之美。娘也不示弱，回敬爹道：依你说，咱眼巴巴看着水生当了和尚，水草做了尼姑，那才叫有立场，有阶级觉悟？嘁！娘不满地撇了撇嘴。

爹哑巴了，拎起烟杆，旱烟抽得滋啦滋啦响。

三天后，蒙蒙夜色里，老地主如约而至。

老地主诚惶诚恐把半个屁股搁在我家炕沿上，眼巴巴瞅着我娘说：他婶子，那事……办得咋样？老地主的眼里，满是期盼。

　　娘一脸的忧伤和失望：我跑了三天，只跑到前庄的徐麻子家，徐麻子也有一儿一女，年龄和水生水草相仿。可这事……不提也罢。

　　老地主急了，脖子抻得像大雁：咋，人家嫌咱成分高？娘说：徐麻子的成分也不低，是富农。老地主茫然道：人家咋就不同意哩？娘挑挑眉毛说：不是他不同意，是我不同意。老地主怔在那里，一头雾水。娘说：徐麻子那女儿，水灵灵的大姑娘，配水生没得挑。就是他那儿子，是个傻子！

　　老地主哧溜下了地，像磨道里的驴，来回转圈儿。突然，老地主站定，一掌拍在大腿上说：他婶子，就这么办！

　　娘吓了一跳，傻傻地瞅着老地主，嘴里喃喃道：你把水草往枯井里推吗？

　　老地主凄然一笑说：我家是地主，徐麻子的儿子是个傻子。他婶子，我们两家结亲家，谁也不欠谁，般配哩。

　　娘别过脸去，泪在眼眶里打转转……

 # 半路夫妻

刘家沟的刘疙瘩，因为满脸的肉疙瘩，过四十的坎儿了，也没娶过老婆。村里人都说，刘疙瘩这辈子是和尚投的胎，打光棍是铁定了的事。

世事难料。

那年，村里来了个逃荒的女人，四十来岁，模样周正。问清女人的来历后，村里的吴老二自作主张对女人说，你想不想在俺们刘家沟找个男人？女人看看四周翠绿的大山，再看看高低起落的村舍，毫不犹豫地点点头，说想。吴老二一拍大腿，叫一声好，立马唤来蹲在墙根晒太阳的刘疙瘩对女人说，就他，模样丑点，心眼不丑，中不中你定。女人睨一眼手足无措、脸红脖子粗的刘疙瘩，低了头，两手摆弄着衣襟儿说，俺一个逃荒的女人，有啥挑的，捡的？有口饭吃，有个家就中。

没有拜堂的喜宴，也没有洞房的嬉闹，就这样，刘疙瘩和逃荒女人这对半路夫妻悄没声儿地过起了日子。

婚后的刘疙瘩，不仅对家里的事上心，也对坡上那几亩疙瘩地上心。坛里没米了，刘疙瘩去碾；缸里没水了，刘疙瘩去挑。每天，太阳还没露脸，刘疙瘩就上了山。种谷子、种玉米、种高粱、种小麦，没有刘疙瘩不种的。边边角角，这里种几窝葫芦，那里扯几藤豆角。看着绿油油的庄稼在山风中摇曳，在露水中拔节，刘疙瘩的心里像喝了蜜，说不出的舒坦。

歇息的时候，刘疙瘩就盘腿坐在地头，眯着眼看远处自家屋顶飘出的一缕缕炊烟。刘疙瘩想，这就是人们常挂在嘴边的人间烟火啊。这个时候，刘疙瘩是最幸福的。

那天，又到歇息的时候，吴老二扛一把大锄走过来，蹲在刘疙瘩身

边说，疙瘩兄弟，你别不承认，这有女人的日子，敢情就是好啊。瞧瞧你，以前，衣服脏了没人洗，破了没人缝，现在收拾得多挺刮！

刘疙瘩嘿嘿一笑，忙从嘴里拔出旱烟锅，递给了吴老二。吴老二美美地抽上几口，脸对脸地说，咋样？俺给你介绍的女人不错吧？心眼好，手脚勤快。好几回，俺看见你女人拎个饭罐往山里走。不用问，俺就知道，疙瘩女人给你送饭喽！

送饭？刘疙瘩心里一惊，疙瘩脑门沁出了一层细汗。刘疙瘩抬眼瞅瞅晃过头顶的太阳，自言自语说，这日头，狗日的毒哩！

又是一个艳阳天。刘疙瘩锄草没那么上心了，一锄下去，竟锄死了好几棵玉米苗，疼得刘疙瘩直吸溜。一双眼睛也不听使唤，不时往自家方向瞅。冒罢炊烟，女人出来了，看不清手里拎的啥，急急地往山那边赶。刘疙瘩一个激灵，丢了锄头，顺着山道往下蹿。半山腰，眼巴巴看着女人钻进了山底一个很隐蔽的山洞，刘疙瘩两腿一软，一屁股坐在大青石上，呼哧直喘……

几天后，同一时间，院门"吱呀"一声，女人手拎饭罐跨出门槛。闩好院门，一转身，女人呆了，刘疙瘩像堵墙立在面前。

刘疙瘩绷着那张疙瘩脸说，山洞里那个男人是谁？

女人低了头，不吱声。

刘疙瘩撸一把疙瘩脸，是你男人？

女人一怔，张了张嘴，没出声。

刘疙瘩一跺脚，喊，咋？你哑巴啦！

女人开了口，是俺男人。他瘫了五年，俺逃荒时，不舍得把他丢下……

俺明里养着你一个，暗里养着你们两口子，你说，俺刘疙瘩亏不亏啊？做好人也没俺这么做的！刘疙瘩一把扳住女人的肩，使劲晃，女人手里的饭罐落了地，散落在地上的，是黄灿灿的小米粥。

女人拢拢有点散乱的头发说，这事，不怨你，怨俺，俺不该瞒你。事到如今，是留是走，你说了算。

刘疙瘩弯腰捡起饭罐，"咣当"砸在墙上，转身头也不回地大步向村里走去。

女人呆若木鸡。

湛蓝的天空飘着几朵无语的白云，四周很安静，只有静静的山风走过的声音。

再回来时，刘疙瘩推了一辆架子车。刘疙瘩冲女人说，愣着干啥？还不快去把西屋拾掇出来？待会，和俺把他接回来，省得你来回跑。

山弯里，小道上，刘疙瘩在前面推着架子车轱辘轱辘地走，女人跟在后面吸溜吸溜地哭。

回家的路

中午下班，刚进家门，就接到母亲的电话。母亲着急地说，群儿，家里出事了，你父亲不见了！

我吃了一惊，顾不得吃饭，拉着妻子就往母亲那边赶。

父亲得老年痴呆症已经三年了，每天都由母亲服侍着，即便出门，也由母亲陪着，还从来没有发生过走丢的事。

赶到母亲那边时，母亲正坐在床沿抹眼泪呢。见我和妻子进来，母亲对我说，上午八点，你父亲非要到外面去晒太阳，我把他送到楼下，找了个向阳的地方安顿好，还给他搬了个小马扎。等我收拾完屋子，一看表，快十点了，便下楼去接他。可是，那个小马扎还在，人却不见了。我赶紧去找，小区里找了个遍，也问遍了人，谁也没见……唉，这个死老头子！

我和妻子安慰了母亲一番后，决定出去再找一找。我想，父亲一定是溜达出了小区，越溜达越远，找不到回家的路了。

就在我们要出门时，母亲猛一拍床沿说，哎哟，我想起来了，你父亲八成是回了桑镇！

回桑镇？我一愣，停下了脚步。

我说，怎么可能呢？桑镇离我们这里百十多里地呢，坐车也得几个小时。父亲那个样子，怎么回得了桑镇？最后，我摇着头说，肯定不是！

母亲说，这些天，你父亲老在我耳边嘀咕，说他想回桑镇去看看。他掰着指头跟我说，他已经有四年没回过桑镇了。他还说，他这辈子只能回最后一趟了……

听着母亲的话，我鼻子酸酸的。这些年来，我忙工作，忙家庭，啥时顾及过父亲的这种感受呢?

父亲是六十年代从部队转业到我们现在居住的这个城市的,在父亲的观念里,桑镇永远是他的家。我小的时候,父亲常常带着我回桑镇,一年至少要回两次,中秋一次,过年一次。可是,自从爷爷奶奶相继去世后,桑镇没什么亲人了,父亲回桑镇的脚步才变得缓慢下来。尤其是最近几年,得了老年痴呆症的父亲想回桑镇,只能是梦中的事了。

母亲恳切地看着我说,群儿,要不你请个假,下午就回一趟桑镇吧。

尽管我老大的不情愿,但我不想拂了母亲的意。好在交通方便,也不是什么难事。

妻子也说,你就回去一趟吧。这边,我找几个同事帮咱一块儿找找。

回到桑镇,已是太阳西斜。桑镇的变化之大,远不是我记忆中的那个模样了。

我清楚地记得,当年,爷爷奶奶的家在桑镇的镇东头,门前是清清的河,屋后是绿绿的树。脚下虽然还是原来的那个地方,只是,我再也找不到那座青砖红瓦的四合小院了。

我沿着人行道仔细地寻找,并不厌其烦地向马路两边的商家店铺打听,直到街头的路灯亮起,我也没见到父亲的影子。

我拨通妻子的电话,没好气地说,母亲也真是的,这不是折腾人吗?偏说父亲回了桑镇,在哪儿啊?

妻子好言相劝,既然回去了,那就再找找吧,也许……

我打断妻子的话,也许个屁!我现在就回去!

挂了电话,我转身朝车站走去,突然,背后传来一个熟悉的声音,叫的正是我的名字,群儿……

我转过身,惊呆了——那个颤颤巍巍向我走来的小老头,不正是父亲吗!

那一刻,我落泪了。我在心里对自己说,在父亲的有生之年,我一定每年带父亲回一趟桑镇,就像小时候父亲带我回桑镇那样。不要让父亲回家的路,变得这样漫长和艰难。

走向麦田

城里像个大蒸笼，密不透风，空气干燥而闷热，让人喘不过气来，连路旁的树叶都打了卷儿。

中午，王春林一身臭汗回到家，拧开水龙头，冲冲脑袋，然后咕咚咕咚灌下几大口凉水，这才感觉爽快多了。媳妇正在厨房里蒸馒头，探出头来说："米面涨价了，鸡蛋也涨价了。前天鸡蛋才四块八，今个就五块三了。这日子，没法过了。"

王春林坐在床沿上，本不想说话，不说又怕得罪媳妇，便抹一把脸说："涨就涨呗，拦也拦不住，再说也不是涨咱一家的。"

媳妇把面摔得啪啪响："呸，你说说，这要是在咱老家，米面用买？鸡蛋用买？"媳妇说的是实情。

王春林乖乖闭了嘴巴。媳妇却并没有让王春林消停的意思，接着又说："刚才房东来过了，说房租下一年要涨到六千块，问你租不租，不租的话，后天搬家走人。"

王春林拿起一把破扇子摇了摇说："不是去年刚涨了一千吗？咋又涨？"

媳妇从厨房走出来，没好气地说："房价涨，房租能不涨？"

王春林合上扇子，咬着牙说："让他涨去，爱涨多少涨多少。大不了咱不租就是了！"

媳妇说："不租你去睡大街呀？"

王春林不吭声了。

"爱租不租！"媳妇丢下这句话，又去蒸馒头了。

王春林的老家在乡下。三年前，架不住王春林的再三劝说，媳妇终于点了头，答应随王春林一块进城。王春林不听大哥和左邻右舍的劝阻，一意孤行，卖了房，卖了地，全家浩浩荡荡进了城。那时，王春林是多么地兴奋啊，用他的话说，咱也过上城里人的日子了！接下来的几天，王春林领着媳妇满大街地跑，楼房看了一套又一套，也只是过过眼瘾。不是他不中意，也不是媳妇看不上眼，是他带来的钱寒碜。八万块，只够买个楼角儿哩。王春林不气馁，信心十足地给媳妇打气："咱俩咬紧牙加把劲，争取两年后住进楼房！"

可是，两年很快过去了，王春林和媳妇挣钱的脚步远远赶不上房价上涨的速度。媳妇彻底灰了心，也不去菜市场门口摆摊卖菜了，整天黏在家里，除了给上学的儿子女儿做做饭洗洗衣，就是喊几个人来搓麻将，家里烟薰火燎的，像个战场。王春林呢，因为腿脚不利索，刚开始在一家燃料公司当门卫，后来公司倒闭，王春林就下了岗。下了岗的王春林再上岗时，就成了现在的"破烂王"。

媳妇有事没事总爱在王春林耳边叨叨，不厌其烦："咱都奔四十的人了，要手艺没手艺，要技术没技术，两肩挑着个脑袋，哪个稀罕？城里遍地是金，也轮不到咱捡呀！都怪我，耳根子咋那么软，鬼迷心窍……"

王春林自觉理亏，从不还嘴。其实，王春林自从当了"破烂王"，除了在大街小巷吆喝那么几嗓子，回家就很少说话了。

屋漏偏遇连阴雨。物价上涨不说，房东也来凑热闹。用媳妇的话说，这日子，唉，真的没法过……

媳妇端上了饭菜，简单的不能再简单，馒头加咸菜。王春林皱着眉头，说了句不该说的话——"就这？"

媳妇的怒火一下子被点燃，脸比自个蒸出的馒头还僵硬："我还想吃鱼吃肉哩，好吃好喝谁不想？那还得够得着！钱在哪里？你掏啊！"

王春林恨不能扇自己几个大嘴巴，低了头，匆匆吃下两个硬馒头，抓起破扇躲到里面的床上，直挺挺躺了下去。

媳妇撵过来，一把夺下王春林手里的破扇子，丢到地上还跺了一脚。

王春林一脸茫然地看着媳妇。

"房东后天让搬家，你倒是找个地方呀！死在床上就解决问题了？"媳妇叉着腰，活脱脱一个母夜叉。

王春林坐起来，忽然想起一件事。几天前，王春林到前面的豪德小区收破烂，小区的李老头告诉他，说护城河边有他的两间老房子，破是破点，王春林要是不嫌弃，收拾收拾，可以搬到那里去住，好歹能省几个房钱。李老头不错，还特意给王春林留了家里的电话。王春林掏出掉了皮的手机，翻出那个号码打过去，说明意思。李老头爽快地说："没问题，你现在就来小区门口，我让儿子开车带你去看房。"

王春林下了地，穿上鞋要走，媳妇不依不绕地说："搬，搬，从城里搬到城外。再搬，就搬回村里了。"

王春林一边往外走一边自嘲地说："嘿嘿，回村？回村好啊。"

媳妇逮住了理儿，凶巴巴地说："回村？回你个头！房卖了，地卖了，就是死，你也得死在城里了！"

王春林赶忙出门，顶着炎炎烈日去了豪德小区门口。老头的儿子开车载着他直奔城外的护城河。半道上，王春林对老头的儿子说："你家楼房好几套，咋还在乎城外的两间老房子呀？"老头的儿子呵呵一笑说："老房子是不值几个钱，可那块地皮金贵呀。过几年那里要开发，光征地费没四五十万搞不定。"王春林吐吐舌头，不敢再问了。

很快就到了城外，那两间老房子孤零零地站在护城河边上，没遮没拦，无依无靠。打开门，一股霉味扑鼻而来。屋里阴暗潮湿，蜘蛛网密密麻麻悬在墙上，更要命的是屋顶还有个脸盆大的窟窿，抬头就可以看到外面的蓝天。老头的儿子说："就这，收拾收拾住个两三年不成问题。你自己弄吧，我还有事。"说完，老头的儿子丢下屋门钥匙，开车走了。

王春林跛着一条腿，屋里屋外看了个遍，看得眼圈直发红，忍不住想掉泪。就这破屋，还不抵他三年前卖的那两间土坯房呢。

这时，王春林腰里的手机响了，掏出来一看，是乡下大哥打来的。大哥在电话那头说："老二啊，你知道不？你前年卖给三秋的那两间房可亏大啦！"

王春林一愣，说："不亏，不亏。那房不在城里，能值几个钱？我不是卖了三万吗？嘿嘿，不少了。"

"你不知道，咱村要通高速公路，你的那两间房正好在路上，要拆迁。昨天刚刚签了字，三秋那家伙拿了十五万的补偿哩！"大哥说。

王春林的头一下子大了，握电话的手僵在那里，半天不动。等回过神来，他想到的第一件事，就是千万得瞒着媳妇。就媳妇那脾气，不跟他玩命才怪。

大哥又问："老二啊，你在城里的楼房到底买了没有？"

王春林底气不足地说："就买，就买。我……我这不正在看房的吗？"

大哥说："老二，别打肿脸充胖子了，你的情况你侄子都跟我说了。你从小就这个毛病，死要面子活受罪。听大哥一句话，咱够着哪碗饭就端哪碗饭好不？城里好是好，但不是人人都能待的。待不下，就回村来，别硬撑着。哥村头的那两间房还闲着，北坡上的几亩地也够你种……"

王春林呆若木鸡。

挂了电话，王春林踱出老房子，站到护城河边。河对岸，就是村庄。放眼望去，麦田波浪翻滚，一望无际。麦子已经灌浆，由绿变黄，再过个把月，南风一吹，就该开镰了。

在村时，王春林可是割麦的一把好手哩，不管地头长短，从这头到那头，王春林从不展一下腰。手里的那把镰刀有如神助，神出鬼没。那年，县长下乡检查麦收，看见割麦的王春林，兴奋地拉着他的手，左看右看，哈哈笑着说："你这双手，了不得，快赶上收割机了！"

傍晚，鸟儿归巢，田野寂静。王春林回到家，搁下镰刀洗把脸，炕头的小饭桌上，早有热饭热菜等着，扑鼻的香。隔三差五，媳妇还会烫壶酒，好好犒劳犒劳他。夜晚，如水的月光洒进屋里。王春林的腰困了，媳妇给揉揉；背酸了，媳妇给捏捏……现在想来，那日子，过得才叫一个日子，舒心，踏实……

王春林的眼里刹那间涌出泪花。

太阳西斜，金色的阳光在麦浪里翻腾，跳跃。天也没那么热了。有鸟儿从头顶掠过，箭一般射向远方。

不知不觉，王春林已过了护城河，一步一步走向麦田……

# 给娘做条新裤子

　　再过几天，就是娘六十岁生日。我对妻子说：这几天你不太忙，抽空给娘做条裤子吧。上次咱回家，娘的裤子打了好几块补丁呢。

　　妻子在街头开个裁缝店，给娘做条裤子，那是举手之劳的事。谁知，妻子一撇嘴说：一个乡下老太太，每天从家里拱到地里，破点烂点有啥？穿条新裤子给谁看啊？妻子见我一脸的不高兴，忙改口说：不就是条裤子吗？咱店里有现成的布料，我做一条就是。

　　娘生日那天，我向工头请了半天假，带着妻子回到乡下老家。

　　娘早知道我们要回来，做了香喷喷的一桌饭菜，有炒鸡蛋，炖蘑菇，焖豆腐，还特意包了满满一面板韭菜馅饺子，个个小巧玲珑。半年多没见，娘更显苍老，身上穿的还是那条辨不清颜色的裤子，只是补丁比以前又多出好几块。我赶忙从包里取出妻子给娘做的那条裤子说：娘，这是秀给您做的裤子，您试试看合适不？娘一脸嗔怪，说你们在城里也不容易，花钱的地方多，能省就省点，干啥还要为娘破费？娘老了，只要不露肉就成。说归说，娘还是捧起裤子，眯了眼细细看，一脸的幸福。我说：娘，您快换上吧。娘把裤子宝贝似地捧着，摇摇头说：还是留着过年再穿。我笑笑说：过年还早着呢。到时候，让秀再给您做一条。您看，您都穿成叫花子了，让我们的脸往哪儿搁？妻子也说：让您穿您就穿上嘛。

　　见拗不过我们，娘捧着裤子进了里屋。

　　娘穿上了新裤子，手没处放了，脚也不会走路了，扯扯这儿，拽拽那里，一副拘谨的样子，像个孩子。我明显感到，妻子给娘做的裤子瘦了点，短了点，紧紧绷在娘的身上。可娘说：秀的手艺好，不肥不瘦，

不长不短，正合娘身儿哩。我回头看看妻子，妻子很不自在的样子。

这时，娘说：你们吃菜，娘给你们煮饺子。说着，娘往地上蹲，"嘶"的一声，娘的裤子撕开几寸长的大口子。娘呆了，好半天尴尬地说：娘胖了哩，把裤子撑破了。娘站起身，慌慌张张往里屋走，边走边说：不碍事，不碍事。地瓜娘有缝纫机，回头让她给缝缝。

娘又穿上那条打满补丁的裤子，那一块块补丁，刺得我眼睛生疼。

我一下子没了兴致，那一顿饭吃得索然无味。

见我们要走，娘一头钻进里屋，好半天才出来，手里拎着大大小小好几个袋子。我一看，有小米，有绿豆，还有我最爱吃的地瓜干。我说：娘，您留着吧，这些东西城里都有。娘不高兴了：城里有是城里有。娘老了，帮不上你们什么忙，只能带这些东西给你们，都是娘自个儿种的。

娘坚持把我们送到村口。我说：娘，您别送了，快回去吧。娘固执地说：你们走吧，娘还想站一会儿，瞭一瞭。娘的眼里淌出泪来。我不敢看娘，眼泪止不住往上涌。妻子的眼圈也是红红的。

离村很远了，我忍不住回头望去，娘依然站在村口，佝偻的身影瘦成一个小黑点。

我强压怒火，瞪着妻子说：那条裤子是你做的吗？你是花十几块钱从地摊上买的吧！

别说了！妻子突然蹲在地上，双手掩面，呜呜哭出声来……

抽烟的娘

　　腊月二十六，单位放假。同事赵元对三儿说："我一会儿开车回趟乡下老家，你走不？"

　　三儿和赵元是同乡，俩人的老家仅隔二里地，一个河东，一个河西。三儿赶忙说："走啊。"

　　赵元又说："你要带年货的话，现在就去买，我等你。"

　　三儿就到单位附近的小市场买了点年货，顺便拐进一家烟酒店，花二百元买了一条烟，然后坐着赵元的车朝乡下赶去……

　　三儿结婚两年了，乡下的娘还没登过他的门。三儿也想接娘进城住几天，可媳妇唐丽不点头，三儿也没辙。三儿知道，他能有今天，还多亏娶了唐丽，不然他也许会和别的大学生一样，满大街地找工作呢。

　　三儿一直在寻找着接娘进城的机会。唐丽生下儿子后，脾气变得越来越古怪，保姆换了一个又一个。三儿就试探着跟唐丽商量："要不，我接娘过来帮咱照看儿子吧？"唐丽一听，鼻子不是鼻子、眼不是眼地说："讨厌！就你娘那杆大烟袋，还不把我和儿子给熏死啊？告诉你，想都别想！"

　　唐丽讨厌别人抽烟，闻不得烟味儿，可娘偏偏抽烟，抽得还是老旱烟。

　　三儿从记事起，就知道娘抽烟，抽得很凶。女人抽烟的少，三儿奇怪，问娘。娘就告诉三儿，说她抽烟是因为爹的缘故。

　　三儿一岁半那年，家里盖房子，爹进山炸石头。那天，爹去排哑炮，炮响了，爹飞了。爹啥都没留下，就留下一杆大烟袋。娘扛不住，抱着爹的大烟袋不吃不喝在炕上躺了三天。看着哇哇大哭的三儿，听着大婶大妈贴心的安抚，娘心软了，放弃了死的念头。也就是从那时起，娘学会了抽烟。

　　三儿上学后，知道抽烟不好，回家就劝娘把烟戒了。可娘却说，娘不抽几口，心里就烦，就堵得慌啊……

车子很快到了乡下。赵元把车径直开到三儿家的院门口说："你在家等我，跟娘说说话，我一会儿来接你。"然后，开着车一溜烟向河西驶去。

三儿进门时，娘正在喂鸡。五六只鸡绕在娘的脚边，叽叽咕咕。看见三儿，娘一愣，不相信地揉揉眼说："是三儿吗，来啦？"

三儿迎上去，一把拉住娘的手，眼里霎时蓄满泪水。"娘，是我，三儿。儿不孝，两年没来看你……"

"啥话？你这不是来了吗？"娘嗔怪说，"你们忙，忙正事呢，娘还不糊涂哩。"

回了屋，娘忙着烧火做饭，三儿也不拦着，由着娘去。娘知道，三儿打小爱吃荷包蛋，就从筐箩里摸出五个鸡蛋，做了香喷喷的一大碗让三儿吃。三儿也不推辞，端起碗，"呼噜呼噜"吃得酣畅。看着三儿的吃相，娘一脸的幸福和满足。

一碗荷包蛋下了肚，三儿打了个大大的饱嗝。这时，赵元开着车返回来。嘀嘀。车喇叭摁得山响。

"娘，我走了，过完年我再来看你。"三儿说。

娘不舍："掏火似的，这就走？"

"走。"

三儿出门上了车，正要关上车门，就见娘急急地撵出来，手里拿着那条烟说："三儿，你把烟落下啦……"

三儿说："娘，这条烟是我特意给你买的。你抽了半辈子的烟，还没抽过一支像样的，留着过年抽……"

娘说："娘不抽了，戒了。"

"啥？"三儿一下子张大了嘴巴。

"一个乡下老太太，抽啥烟啊？讨人嫌……娘都戒烟两年了……"

说完，娘把烟塞进三儿怀里，"砰"地关上车门，冲着三儿摆摆手说："走吧走吧……下次来，带上媳妇和孙子，娘也想他们……"

一阵风吹过，扬起娘满头的白发，像一面旗帜。

三儿扭转脸，泪水汹涌而出……

回　家

　　几乎是一夜之间，他的公司就垮了。他好像一下子从半空中跌落下来，跌回八年前那副熊样，一文不名，穷困潦倒。

　　母亲的电话不失时机地打过来。母亲在电话里说，你能回家一趟吗？你父亲想见你。提起父亲，他的怒火腾地蹿上脑门。他绝然地摇摇头，啪地挂断了电话。

　　八年前，他和妻子刚刚结婚三个月，就被父亲扫地出门。那一刻，他恨透了父亲，紧咬嘴唇，咬出血来。他发誓，从那天起，他再不踏进家门半步。他和妻子辗转来到另一座城市，在护城河边租了间廉价的民房，然后四处奔波找工作。他没念过几天书，好多地方都不要他。最后，落脚在一家建筑工地，当了小工。等手里有了点积蓄，他蠢蠢欲动，离开工地，和人合伙倒腾起了装饰材料。从未经过商的他，不知商海的深浅，一个猛子扎下去就没上来。

　　正是深秋，秋风萧瑟，他和妻子流落街头，失魂落魄。妻子一脸的泪说，要不，咱回家吧。再这样下去，咱怕是真要曝尸街头了。

　　他动摇了。可是，当他们走出家乡的车站，他的面前突然晃动起当年父亲那绝决的眼神。他握紧妻子的手，艰难地摇摇头，折身冲进车站，踏上了返程的列车，义无反顾地回到那座陌生而又令他伤心的城市。他像换了一个人，一门心思地干，从小工干起，干到大工，再干到包工。命运青睐他，几年后，他终于有了一家属于自己的公司。

　　这期间，妻子不止一次对他说过，要他回家看看。他也不止一次地冲妻子吼，我没有家，回什么家？

　　母亲很固执，再一次打来电话。母亲说，你父亲想见你一面，你就不能回家一趟吗？

这次，他火了，冲着电话大声嚷，他当初撵我出门，断了父子关系。这时他又想见我，是要看我的笑话吗？

混账！母亲骂他一句，在电话里呜呜地哭。母亲说，你知道的，你父亲身体不好，不到五十就办了病退。他怕是熬不过这个冬天了。他想见你，是想尽一个父亲的责任，帮你把公司重新办起来。

他一怔，握电话的手有点哆嗦。

电话里，母亲叹一声说，都八年了，你怎么还恨他？你从小就不成器，好吃懒做，吊儿郎当没个人形。他要不那样逼你，你能混出个人样儿来？

他震惊了，傻傻地立在那里。泪，一滴滴落下……

19

婚　礼

　　爹从乔支书家里回来，带着一身的酒气。许是喝了酒的缘故吧，平时木讷的爹，说起话来有板有眼。爹说，知道乔支书为啥请我喝酒吗？闹了半天，他是想和我结亲家哩！说这话时，爹一脸的自豪和满足，腰杆也挺直了许多。

　　娘脑子笨，一时没转过弯来。娘拧着眉头说，不会吧？乔支书和咱结的哪门子亲？咱家兰儿才刚刚九岁，前年我才给她补了开裆裤哩。

　　你这个婆娘，想哪儿去了？不靠谱。爹嘿嘿一笑说，乔支书是要把他的女儿许给咱家金龙呢！

　　金龙是我哥，去年师范毕业，分配在乡中学当老师。用爹的话说，哥是公家人了。此时，公家人的哥正捧着一本书，看得津津有味。爹的话刚落音儿，哥一个激灵扬起脸，扶了扶眼镜，抖动着嘴唇说，爹，你是说……乔支书要把乔小叶嫁给我？哥一副诧异的表情。

　　爹点点头，看着哥，郑重其事地说，乔支书给我许诺，只要你点了头，答应了这门亲事，他就把村里的那五亩果园包给咱。那果园可是村里的摇钱树哩，哪个人不眼红？伺弄好了，每年少说也有万把块的进项。咱家的苦日子尽了头，好日子不远喽！

　　哥并没有表现出兴奋的样子来，而是重新打开书，把脸埋进书页里，好半天才说，爹，你让我考虑考虑。

　　这可是打着灯笼都难找的好事，别人盼还盼不来呢。爹拉长了脸说，乔小叶虽说没念成书，可是论模样有模样，比城里女人差不了几分。她爹又是村支书，能罩着咱。她肯嫁进咱家的门，是你的造化。

　　金龙知书达理，他会拎得清的。他爹，你就让金龙考虑考虑吧。

娘说。

那晚，爹睡得很沉，呼噜不断。下半夜，我起来撒尿，一眼就看见哥的东厢房里依然亮着灯光。原来哥大半宿没合眼啊！我趴在门缝上一瞅，愣了，只见哥伏在桌前，一边写信，一边落泪。泪把信纸都打湿了一大片。

一夜未睡的哥早早敲响爹娘的屋门。哥站在门外说，爹，我已经想好了，同意娶乔小叶。你去和乔支书签承包果园的合同吧。

趁哥上茅房的当儿，我溜进了东厢房。很快，我就从哥的枕头下找到那封粘了封口的信，信是寄给城里第一中学一个叫唐丽娜的。唐丽娜是谁？我不知道，也不敢去问哥。

我把哥写信的事悄悄告诉了娘，还特意把收信人唐丽娜也讲给娘听。谁知，娘很平静，平静得就像山里的潭水。娘撇撇嘴说，你哥念了好几年的师范，能没几个女同学？同学之间有个书信往来，流几滴眼泪，那是再正常不过的事了。有啥大惊小怪的？

可我不这样认为，我觉得，哥和这个叫唐丽娜的女同学之间一定有什么故事。

那年的暑假，临近开学的前几天，我家办了有史以来最隆重的一场婚礼。哥风风光光把乔小叶娶过了门。

送走最后一批远道而来的客人，迟迟不见哥回来。已成了我嫂子的乔小叶很是担心，悄悄把我叫到一边，塞给我一个红包和几块喜糖说，小二，快去叫你哥回来。他今天可没少喝酒，经不得风吹呢。

我一溜小跑出了门，找了老半天，才找到了哥。哥站在村口，像一棵树，呆呆地望着城里的方向，一动不动。

我几步蹿过去，冲着哥的背影大声喊，哥啊，嫂子让你回家呢！

哥猛一转身，把我惊呆了。我分明看见，哥的脸上满是泪水……

叫你一声哥

走出考场，平屁颠屁颠撵过来问我，哥，考得咋样？我懒得理他，冷冷地说，不咋样。平尴尬地挠挠头，自嘲地说，我考得也不咋样。哥，明年还考吗？我不说话，自顾往前走。平紧走几步说，哥，我还要复读，明年考不上，后年再考！我头也不回地说，那是你的事。

那一年，我十八岁，第一次参加高考。

平不是我的弟弟，他是三拐的儿子。我八岁那年，父亲犯疯病走失，再没有回来。年纪轻轻的母亲守了几年，最终没守住，招三拐做了个"倒插门"。三拐其实并不拐，是化肥厂的工人，人长得猥琐，加上满身的尿素味儿，让我受不了。更让人讨厌的是，他还拖条"小尾巴"，就是平。平和我同岁，只是比我小几个月。记得第一次见面，平就怯怯地叫我一声哥。当时，我鼻子一哼，嘴一撇说，谁是你哥！一句话，差点把平戗个跟头。

平没来时，我一个人睡一个房间，清清爽爽，自由自在。平的到来，搅乱了我的生活，母亲把两张床拼在一起，让我和平睡在这张大床上。我不干，并不顾母亲的劝阻，很恼火、很费劲地把两张床一分为二。

母亲退到一边，紧皱着眉头说，这孩子，咋这样啊？平并不计较什么，乖乖上床睡觉去了。

平原来在化肥厂子弟学校读书，三拐"倒插门"进我家后，平也转学进了我们班里。说实话，平的学习成绩跟他的名字一样，平平淡淡，在班里顶多占个中下等。可是我不得不承认，这小子就是有股拼死的狠劲。看那样子，他要是将来考不上个什么学校，非一头撞死在南墙上……

高考成绩下来，我没考上，平也没考上。这是我意料之中的事。我没有复读的打算，简单收拾一下，次日一早便扛起铺盖就要出门。母亲急了，拦在门口说，你这是干什么？我说，我要去打工。母亲颤着声说，你才刚刚十八岁，身子骨这么弱，打工你会吃不消的。我去意已决，母亲见劝不住我，便喊刚下夜班回来的三拐。三拐上下打量我半天说，你非要去打工，我不能硬拦。走吧，出去见见世面也好。平低着头，不声不响送我出门，跟屁虫一样把我送到车站，临上车时，平眼泪汪汪叫我一声哥。

到了南方，刚刚安顿下来，母亲的电话就追过来。母亲说，外面苦吧？熬不住就回家来。我忍着泪说，这里很好。以后没什么事，尽量少打电话，长途费贵着呢。

那一年，母亲只打了一次电话，是关于平的。母亲告诉我说，平的成绩提高了一大截，估计两年之内考个学校没问题。我满心不悦地说，他的事，以后少提，我也不想知道。挂电话时，我听到母亲一声重重的叹息。

我离开家的第二年，母亲再次打来电话说，平总算考上学校了！言语中，有掩饰不住的喜悦和激动。

怕是把眼睛都憋瞎了吧？我心里这样想，嘴上却不耐烦地说，他考上学校是他的事，跟我有什么关系？

母亲生气地说，你这孩子，都二十几岁的人了，咋还这样？平拼死考这个学校，也是为了你好啊！

平考学校为我好？笑话！我忍不住冷笑两声，心里一阵绞痛。该死的三拐，该死的平，趁我不在家，都给母亲的脑子里灌输了些什么思想！

母亲火了，大声嚷嚷，你知道的，平就是考不上这个学校，照样能接他父亲的班，进化肥厂当工人的。他是要把那个名额留给你呀，傻小子！

我真的傻了，母亲叹一声说，你能有平这么个好兄弟是你的福，你要好好珍惜才是。平就在母亲身边，他有话要对你说。

电话那头，传来平已经很男人的声音。平说，叫了这么多年的哥，你一次都没有搭理过我，可我还是想叫你一声哥。别在外面漂泊了，回家上班吧，哥！

平的这一声哥，叫出了我满眼的泪水。

窗外月儿明

　　一大早，六叔就站在自家门口的台阶上，看着城里的方向发呆。城里有六叔的儿子，我的堂弟。六婶做好了饭，探出头来说："别看了，看也看不回来……吃饭吃饭。"

　　六叔悻悻回屋，端起碗又放下。六婶说："要不，你抽空进趟城，好好跟儿子说说。"

　　"说啥说？"六叔板着脸，恼怒地说，"该说的都说了，该做的都做了。这小子，一根筋，一条道儿跑到黑……"

　　六叔是个走村串户的乡村兽医。

　　六叔的医术好，医德高，深受四方乡邻的敬重。听六婶说，从每年的大年初三到二月二，六叔就没在家里吃过一顿饭。

　　六叔给谁家的牲畜看病，从不和主家讲价钱，给多少，算多少。劁猪骟牛那是捎带的事儿，从不收钱。遇上主家钱不凑手，就赊着。常有人给六叔送钱来，六叔都不记得是哪年哪月的事儿。

　　六叔给牲畜治病还有几手绝活儿。

　　那年，我家的一头耕牛突然病了，口吐白沫，腹胀如鼓，几个壮汉都扶不起来。有人说，这头牛怕是要进汤锅了。父亲不甘心，喊来六叔。六叔绕牛走了一圈，回头冲父亲说："找把锥子来，两锥子就好。"

　　父亲赶忙找来绱鞋的锥子，交给六叔。六叔右手握锥，左手在牛的肋骨间游走。摸准了，头一锥子下去，牛没动。第二锥子扎下去，牛"腾"地从地上站起来，惊得在场的人个个目瞪口呆。等六叔洗了手，抽一支烟出来，我家的那头牛就甩着尾巴，开始寻草吃了。

　　六叔就堂弟一个儿子，堂弟念书不用功，十六岁就离开了校门。六叔要教堂弟学兽医，堂弟"切"一声就扭身走开了。六叔知道，堂弟心高气傲，瞧不起这个行当。儿大不由爷，这也是没有办法的事。后来，堂弟就跟着村里的年轻人进了城，说是闯天下去了。可是两年过去，堂弟也没闯出个名堂来。六叔就长一声短一声地叹气。

不久前，有电视台的记者来采访六叔。本来，六叔是要拒绝的。可一想起堂弟，六叔就改变了主意。六叔心里说，你小子不是瞧不起兽医吗？老子就上一回电视，让你开开眼，长长见识！

送走记者，六叔给堂弟打了电话，叮嘱堂弟明天晚上一定看电视，就看本地台。

电话那头，堂弟不耐烦地说："看啥看？看个屁呀，看电视能看出我的天下来？"

混账东西，到现在还惦记着你那狗屁天下！六叔火冒三丈，正要发作，想了想还是忍住了。六叔一本正经地说："那可没准儿。记住，看了电视，别忘了给我回个话！"

两天过去了，堂弟那边没动静；三天过去了，堂弟连电话也不回一个。六叔就生堂弟的气，就骂堂弟是个一根筋……

今天是惊蛰。吃过早饭，院外响起拖拉机的"突突"声，有人隔着院墙喊六叔。六叔这才想起，后村的养牛大户贵平和他约好，请他过去给牛灌药。六叔提着配好的药就出了门。

日头落山时，六叔坐着贵平的拖拉机回了家。一进门，看见堂弟坐在屋里，铺盖、脸盆一大堆。六叔一怔，忘了一天的疲劳，笑眯眯地说："回来啦？"

堂弟"嗯"，随后说："爸，我要跟你学兽医……"

六叔说："想通了？"

堂弟说："想通了。"

六叔说："跟牲畜打交道没出息。"

堂弟说："我不嫌……"

六叔又说："劁猪骟牛没面子哦。"

堂弟的脸红成关公："爸，你就饶了我吧……你都不是上电视了吗？"

六叔哈哈大笑起来。

那一夜，六叔家的灯儿亮，窗外月儿明。

绝　活

　　六十年代末，三奎在我们这一带是很有名气的，方圆数百里无人不知。三奎的出名，缘于他的接骨手艺，骨折，骨头错位，样样精通，而且经他治愈过的人无一后患。久而久之，人们送他接骨王的美称。

　　三奎的接骨手艺并不仅限于人，猪呀羊呀，牛马驴骡，三奎照样玩得转。举个例子，那年春天，一头正在耕田的大犍牛一蹄子踩在地鼠洞里，闪了胯骨，动弹不得。队长派人喊来三奎，三奎围着牛转了几圈儿，这里摸摸，那里捏捏，然后从耕田人手里接过鞭子，往后退去几步，手起鞭落，鞭梢儿爆响在牛的胯骨上，炸起几缕牛毛。大键牛一个哆嗦，"哞"地一声叫，在队长和耕田人惊讶的目光里甩开蹄子向前疾走。

　　因为有接骨王的美称罩着，三奎就比一般的社员自在了许多，日子过得也比其他人家滋润一些。

　　那天，三奎从二道注接骨回来，迎面碰上了民兵营长赵二秃。赵二秃不是一个人，身旁还押解着一个半老头，显然是从大坝那边过来的。半老头姓郑，五十来岁，清清瘦瘦。别人不知道，三奎心里明白，这老郑是外乡人，原来在邻县当过县委书记，全国上下搞运动，老郑就被运动到这个山旮旯儿里接受劳动改造。三奎和老郑的目光相遇的一刹那，三奎的心里就"咯噔"了一下。倒不是老郑当过县委书记，三奎敬重他，而是因为老郑的那张脸，那张肿涨得像气球的脸。凭着多年的接骨经验，三奎初步断定，老郑的牙帮骨错了位。

　　三奎最见不得别人忍受骨头分离的痛苦，便不由自主地叫了声老郑。老郑喉咙里"呜"一声，却说不出话来。三奎的判断得到验证，正要说句什么，一旁的赵二秃一脚端在老郑的屁股上，喝一声，磨磨叽叽想干啥！回头瞪一眼三奎，三奎知趣地走开。

三奎回到家，对老婆四凤说，咱村里又开批斗会了？四凤说，咋不是？昨天开的，我还被喊去参加了。三奎，你问这干啥？三奎眼里有泪说，老郑的牙帮骨被谁打得错位了。四凤说，除了赵二秃还有谁？昨天的批斗会上，老郑站得不规矩，头抬得高了点，赵二秃一拳招呼过去，老郑的脸立马就肿起来。三奎往前凑凑身子，看着四凤说，赵二秃不是你表弟吗？你跟他说说，让我帮老郑把牙帮骨弄上去好不好？不然，老郑不被折腾死，也得活活饿死。老郑他挨批挨斗，咱管不了，我是个接骨匠，不能眼睁睁看着他牙帮骨错位不管，那样我心里堵得难受。四凤叹口气说，赵二秃连他的亲爹都不认，会听我这个表姐的？他巴不得老郑快点死呢。老郑一死，他就官升一级。三奎不言语了，背着手在屋里转来转去。忽然三奎的心里敞亮起来，自言自语地说，我该露一手绝活了。四凤一惊，说，你可别救不了老郑把自己也捎带进去呀。三奎呵呵一笑，我心里有谱。

第二天，三奎哪里也不去，待在屋里候着。吃过中午饭，村里的大喇叭响起来，是开老郑的批斗会。三奎喜出望外，第一个赶到会场，第一个要求上台批斗老郑。主持批斗会的赵二秃一百个不乐意，却找不出拒绝的理由，干咳几声警告三奎说，别耍什么花招！不然连你一块儿批斗！三奎笑眯眯地说，不敢，不敢。社员们给我作个证，我就批斗姓郑的这个反动派，让他尝尝无产阶级专政的厉害。

三奎背着手走上台去，踱到垂首而立的老郑面前。老郑比昨天更显憔悴，脸肿涨得似个猪尿泡，几乎看不到脖子。三奎的心里没由来地痛了一下，泪水盈满眼眶。绕到老郑背后，三奎猛一脚踹在老郑的小腿肚上，声嘶力竭地喊，打倒你个反动派！老郑身子一晃，就要跪下去。这当儿，三奎气贯掌心，巴掌坚硬似铁，快如闪电，重重地拍在老郑的后脖颈上，啪！响彻会场。

打得好！打得好！台下有人狂喊。

老郑颓然倒地，嘴里发出一阵阵呜咽。三奎长出了一口气。

等人们回过神来，再去看三奎时，哪里还有他的影子？

军马场

那年的秋天，秋风萧瑟。

一排排大雁往南飞的时候，父亲从军马场回来。回家的父亲要做的第一件事，就是跟母亲离婚。

父亲是军马场的场长，手下管着几百号人，也管着几千匹上好的军马。军马场离我们村百十多里地，在县城的最北边。听父亲说过，军马场好大，占地几百亩，几千匹军马个个精神抖擞，生龙活虎。六岁的我就盼着有那么一天，父亲带着我去看看军马场，去看看军马。可是，父亲突然要和母亲离婚，他不要这个家了，也不要我了，我的这个愿望就像扎了针的气球，扑地破了。父亲和母亲离婚，其实是因为一个女人，一个上海女知青，军马场的会计。

对这件事反应最激烈的是奶奶。奶奶七十多岁了，她做梦也没想到，父亲会和母亲离婚。她跳着一双小脚，不打父亲，左右开弓，打自己的嘴巴，边打边哭："羞死人了！我造了什么孽，养了这么个白眼狼！陈世美！"奶奶都不知道该骂父亲什么了。

父亲闷着头，绝情地对母亲说："该说的，我都说过了。反正，我心里装不下别人，只有上海女知青。你看着办吧。"

母亲寡白着一张脸，咬着嘴唇不让泪水流下来。母亲说："好，好，我答应离婚。可是咱娘呢？娘咋办？"母亲说的娘是奶奶，也许母亲想用奶奶来拉回父亲的心吧？母亲错了，父亲是铁了心要离婚的。奶奶一把拉住母亲的手说："玉儿，你要是不嫌弃，咱还是一家人。我就是死，也不会跟他去丢人现眼！"母亲拍拍奶奶的手背："好，咱还是一家人。"

母亲是奶奶捡回来的。直到现在，母亲也不知道她的娘家在什么地方。冬天来了，母亲上山砍柴，背回的柴一次比一次多；下雪了，母亲在院里劈柴，抡起的砍刀一次比一次狠。奶奶明白母亲的苦楚，对母亲说："玉儿，别和自己过不去，憋屈的话，就哭出来吧。"

母亲终于忍不住了，伏在奶奶的肩头，痛痛快快哭了个够。

第二年春天，奶奶突然去世。母亲忍着悲痛，连着给父亲捎了几次话，可是，直到奶奶下葬，也不见父亲回来。也就是从那时起，我恨透了父亲，他的心里没有奶奶，没有母亲，压根儿也没有我这个儿子吧！

日子流水般过去。转眼，我八岁了，该上学了。老师问我："你父亲叫什么名字？"我说："鲁玉儿。"老师又问："母亲呢？"我说："鲁玉儿。"老师一愣："你父亲和母亲怎么一个名字？"我倔犟地说："我没有父亲！"

父亲和母亲结婚的照片挂在墙上好多年了，我第一次看着难受。那天，我偷偷摘下来，躲进柴房，我把左边的父亲剪下来，剪成碎片。母亲进来抱柴烧火，呆愣片刻，一把夺过照片，狠狠扇了我一巴掌，那是母亲第一次打我。母亲说："那是你父亲啊，你怎么能这样！"我犟得像头驴，脖子一梗冲着母亲喊："我没有父亲！"

我的眼泪吧嗒吧嗒落下来……

那天，一辆吉普车卷着一路黄尘停在我家院门口。车上下来一个四十来岁的男人，自称是军马场的副场长，专程来找母亲的，他对母亲说："你是老鲁的家属吧？让我好找。"

母亲一愣："哪个老鲁？"

场长眉头一皱："你不是鲁志国的家属吗？"母亲看着场长，云里雾里。场长说："是这样的，老鲁昨天遛马时不小心被军马踢折了一条腿，躺在军马场医务室里，我看着挺可怜的，就来通知你去陪陪他。"

"他不是有个上海女知青吗？她不在？"母亲一脸茫然。

这回轮到场长茫然了："什么上海女知青？没有哇。我们军马场别说是上海女知青，连个本地女人都没有，全是清一色的爷们儿。"

母亲说："怎么会没有呢？老鲁就是因为那个上海女知青，两年前才闹着跟我离婚的。"

"让我想想。"场长挠挠头，自言自语道，"两年前，我调到军马场，军马场上下搞运动，老鲁被定为右派，撸了场长一职……"

　　母亲大瞪着两眼，一下子明白过来，眼泪扑簌簌掉下来。母亲抹把泪，一把拽住我的手说："儿啊，咱去军马场!"

 # 月 夜

海海推开门，如水的月光泼泻进屋里。月亮挂在天空，乡村的夜晚静得安详。海海看看四周，回头对媳妇玉凤说："好好照顾咱娘。三孬他们要是追问我去了哪里，你就说不知道。"月光里，玉凤含泪点点头。

海海蹑手蹑脚地朝大门口走去，走过东厢房时，不由得停顿了一下脚步。东厢房里住着娘。以前，每次从城里回来，海海要做的第一件事，就是钻进东厢房，和娘唠上半天，说说地里的庄稼，也说说城里的新鲜事儿。可是今天，海海不能见娘了，还得躲着娘。

轻轻拉开院门，海海吃惊得一下子呆在那里。娘挡在门道里，像个门神。海海诧异地说："娘，你咋在这里？"

"娘在等你。"

海海又是一愣："等我？"

娘回转身，看着海海说："日落时，你从城里回来，娘就看你神色不对，慌慌张张的。你和媳妇在屋里嘀嘀咕咕老半天，隔着窗户，娘没听清你们说的啥，可有一句娘听清了，你说你要躲，躲得远远的。告诉娘，你到底出了啥事？"

海海说："娘，我这不好好的吗，能有啥事？没事，真的没事。"

娘恼了："没事你半夜三更的要去哪里？"

海海不吭声了。

娘手里的拐杖"嗵"地杵到地上："说呀！你要急死娘吗？"

见拗不过娘，海海只好说："娘，你知道，开春的时候，我带着三孬他们五个人进城去挖地沟。当时说好了的，地沟挖完，每人能挣一万块

可是，工程完工后，我却找不到工头了。我跟三孬他们解释，他们不听，还说我跟工头串通一气，故意不给工钱，坑他们……"

"娘明白了，你是躲三孬他们，对不？"

海海说："娘，不躲不行呀。三孬他们放出话来，说他们一个星期内拿不到工钱，就卸我一条胳膊。我……我可不想当残废。"

"他们敢！"

"娘，三孬你又不认识，他可是个啥事都干得出来的混球，惹不起的。"

娘双手叠放在拐杖上，抬头看着天上的月亮说："娘说呢，这几天眼皮子老是扑扑乱跳。昨晚，娘还做了个梦，梦见你掉进水沟里，水沟不深，可你就是上不来。你流着泪对娘说，娘啊，救救儿子……醒来时，娘惊出一身的冷汗。"

"都怪我没本事，让娘跟着操心。夜凉，娘你回屋吧。我得走了，不然，三孬他们堵上门来，我想跑也跑不了。"

娘没动，却把拐杖横在海海面前，娘说："海海，你傻呀！跑得了和尚，你跑得了庙？"

海海不知所措地看着娘。

夜风习习，撩摆着娘的白发，娘抬手拢一拢说："玉凤手里不是还有两万块钱吗？明儿一早拿出来，先应应急。"

海海赶忙打断娘的话说："娘，那钱不能动，是留着给你看病的，你的病可不能再拖了。我已嘱咐给玉凤，让她下个月带你去北京。"

娘眼里有泪说："娘的病不碍事，一时半会要不了命。你要是有个三长两短，可真要了娘的命。听娘的话，咱先把这些钱送给三孬他们。差下的，容咱日后想办法再还。好汉做事好汉当，咱可不能一走了之，让人家背后戳脊梁骨啊！"

海海说："娘……"

"没事，有娘呢。明儿一早，娘陪你去见三孬。人心都是肉长的，娘就不信，他们真敢下得了手。"

海海的眼泪"哗"地下来了："娘……"

"回屋去吧，好好睡个觉。娘知道，这些天你就没睡过个囫囵觉。"

"娘，儿子听你的。"海海抹把泪，扶着娘小心翼翼地走回院子。

院门缓缓关上，四周归于寂静。

此时，海海家对面的一间破草房里，三孬五个人握紧的拳头悄悄松开……

娘的善心

爹挑一担水回来，进门就说，他娘，村口旧仓库里那个疯女人又喊又叫的，怕要出事，你快过去看看。娘一个激灵，哧溜下了地。娘说，八成是要生了吧。我凑到娘身边说，娘，我也想过去看看。娘瞪我一眼，小孩子家，女人生孩子也想看，滚一边去。娘急急地走了。

娘回来时，已过了晌午。爹问，生了？娘说，还是个胖男孩。真不知道是哪个挨千刀的造的孽。娘想起什么，闪身进了灶间。只一会儿，就有熬小米粥的香味弥漫过来。我抽抽鼻子，冲灶间喊，娘，我要喝粥！灶间的娘说，你又不生孩子，喝啥粥？想喝，回头娘给你再熬。娘从灶间出来，手里拎只饭罐，袅袅热气在罐口缭绕。娘是要给疯女人送粥喝。

爹瞅着娘跨出院门的背影，摇摇头对我说，你娘，就是心善。

疯女人满月了，娘又有了新打算。娘说，送佛送到西，救人救到底。我得把那个孩子给送出去。不然，两人谁也别想活。爹吓了一跳，疯女人的孩子谁敢要？娘说怕啥？他娘是疯子，那孩子又不是疯子。咱家有小山，要是没小山的话，我也敢要。爹说，那还得看人家疯女人乐不乐意。娘笑歪了嘴，她一个疯子，懂个啥？她连自个儿都照料不了，还能照顾得了孩子？

那一天，娘老早出了门，日落西山才晃回家，一身的疲惫。爹问，你把那孩子给送人了？娘说，前村的巧儿结婚都八年了，身边还没个一男半女。这下好了，我帮了她一个大忙。娘的脸上，有一种功德圆满的成就感。

谁知，娘刚睡下，村子里突然响起疯女人的哭声。那哭声，像野猫叫春。

爹一怔，碰碰娘，她在找孩子。这下，你惹祸了。

娘不急，翻个身说，随她哭去，哭上几声，她就不哭了。

事实并不是这样的。疯女人的哭声就没有停歇过，一直回荡在夜空中，大有孟姜女哭长城的坚韧劲儿。爹被征服了，一骨碌坐起来，冲娘喊，好端端的，你惹她干啥？娘坐起，一脸的委屈，嘟囔道，我这不是为她好吗？爹吼，好个屁！她要是懂个好歹，还叫疯子？赶明儿，你赶紧把那孩子要回来还给她，爱死爱活关咱屁事！

娘没辙了，陪着疯女人的哭声一直坐到天亮。

娘挥动着还没有歇过来的腿脚又出发了，返回村子时，已是日过三竿。娘顾不得回家，抱着孩子直奔村口的旧仓库。

仓库四周，静悄悄的。秋风打着旋儿，掠起一片片秋叶，四散飘零。娘犯了迷糊，疯女人咋不哭了？来到仓库门前，侧耳细听，没一点动静。娘推开门，闪身走了进去。里面的一幕，骇得娘魂飞魄散！

疯女人吊死在了房梁上……

上游下游

罗支书把烟头一扔，拿脚尖使劲捻了捻，抬眼看着面前七个拿锹持棒的愣头青说："你们都想好了，要跟下游村的人开战？"

领头的三虎把铁锹往地上一杵，捏了捏拳头说："我们都想好了，再不给下游村点厉害尝尝，他们都不知道马王爷长了几只眼！"一旁的六毛补充说："下游村的二挠挠了四虎的脸，这不是欺负人吗？下游村欺负上游村，没这个理儿！"

罗支书背着手，围着七个人转了一圈，伸出大拇指边晃边："好，好哇！有血性，有霸气，不愧是咱上游村的爷们儿！"话锋一转，罗支书又说："不过，开战之前，你们每个人还有一件要紧事没有去办。"

三虎扭头看看身边的六个人，个个手里都拎着家伙呢，没遗漏啊。三虎不解地说："罗支书，啥事没办？"

罗支书说："你们都给老婆孩子留下话了吗？"

三虎咪咪笑了："这又不是上战场，有那么隆重？"

"谁说不是上战场？"罗支书脸一板说，"这锹呀棒呀，又不长眼睛，抡到谁的脑袋上，脑袋还不开花？去吧，去吧。留了话，老婆放心，孩子放心，我领你们安安心心去开战，听到没有！"

七个人你看看我，我看看你，谁也没挪窝。

罗支书火了，狠狠地吐了口唾沫："呸，瞧你们那熊样，还腆着个脸跟人家开战呢，真给咱上游村长脸！你们不去，是吧？我去！"说完，罗支书从三虎手里捞过铁锹，头也不回地跨出院门。

通往河叉口的小路上，罗支书走得急。远远近近，跟着三虎、六毛七个人。

河叉口，脸被挠出一道一道血痕的四虎和另外两个人端着铁锹，忠于职守地守在那里。那架势，很像古代镇守关隘的将士。

罗支书上了河堤，放眼向下游望去。正是五月间，小麦拔节的时令。往年，雨水充沛，下游和上游一样，绿油油的麦田绿得可爱，绿得亲切，那可是一眼望不到边啊。可眼前呢，麦田几乎没了绿意，泛着焦黄。再这样下去，不出几天，下游的麦田一把火就能点燃，这可是人家一年的收成呢！想到这，罗支书冲着四虎说："站一边去！"四虎端着锹闪在了一边。罗支书抢起铁锹去掘河口，三虎一步蹿过来，挡在罗支书面前说："罗支书，你干啥？"罗支书说："咱这不是还没开战吗？你看看下游的麦田，换成是你，你能不拚命？没办法，我这是缓兵之计啊！"

河叉口被罗支书掘开一个不大不小的豁口，清凌凌的河水撒着欢儿涌向下游干枯的河道。罗支书挥着铁锹，铲铲这里，垫垫那里，把河水调节得恰到好处。

正在商量对策的下游人忽然听到哗啦啦的河水声，喜不自禁，结伴向上游奔来。远远看到立在河叉口的罗支书，下游村的吴支书呆愣片刻，紧走几步，冲着罗支书双手抱拳道："谢谢罗支书！"

罗支书嘿嘿一笑说："谢我什么？咱这不是还没开战吗？吴支书，二挠挠了我们村的四虎，你总得给个交代吧？"

吴支书说："听从罗支书发落！"

罗支书一摆手："那好，你让二挠过来。"

下游村的人群里，走出蔫头耷脑的二挠。吴支书推他一把，二挠不情愿地走到罗支书跟前。

罗支书说："你好身手啊，佩服！今天，我不挠你，但我得罚你。在我们两村还没有开战之前，我罚你看守这个河叉口。你听好了，河叉口就保持这个样子，不准动一锹河泥，也不准动一块石头。谁敢动，你挠谁，想咋挠就咋挠，挠出事来我顶着！"说完，罗支书把铁锹往三虎手里一丢，背着手，溜溜达达朝上游走去。

背后，吴支书眼里噙着泪，扯着嗓子冲罗支书喊："老罗，你别走啊，我请你喝酒去！"

罗支书头也不回，顺风传来他的骂声："操，麦苗都快冒烟了，你还有心思喝酒，喝你娘个脚！"

十八岁那年的雨季

期中考试的试卷发下来，我看都没看一眼，顺手一团，扔进了书桌里。我的这一举动，被班主任马老师看得真真切切。马老师看我一眼，再看我一眼，重重叹一声，摇头走开。马老师和我的父亲是中学同学，我能进这所重点高中，马老师可是帮了不少忙呢！

同桌"长颈鹿"胳膊肘碰碰我说，下星期一开家长会，你是让你母亲来，还是让你父亲来？我撇一下嘴角，想都没想说，你小儿科呀，当然是让我父亲来喽！

父亲是一家建筑公司的老总，虽说是民营企业，效益一点不比国营的逊色。别的不说，就冲父亲那辆气派不凡的黑色小轿车，就很能说明问题。在我们这个不大的县城里，除了县长和书记，恐怕再没有几个人能坐得起。父亲是我骄傲和炫耀的资本！

正是雨季，雨三天两头地下。不少同学抱怨这该死的雨季，说让爸妈冒雨来参加家长会是遭罪呢。我却不以为然，甚至还有几分幸灾乐祸，这样的天气，父亲就算不想开着他的黑轿车来都难哩。

星期一最后一节课让给了家长会，我们便拥在楼道里，准备迎接即将来校的每一位家长。雨还在不紧不慢地落着。五点整，家长们约好似的陆续走进校园，有租车来的，有坐公交车来的，也有骑着摩托车的，还有骑着自行车的。眼看四十多位家长到得差不多了，我的心里不免有些着急，父亲怎么还不来呢？是公司忙脱不开身，还是路上堵车了呢？"长颈鹿"凑过来，挤眉弄眼对我说，你父亲的公司忙，没准儿派哪个秘书来给你参加家长会呢。我回他一拳说，滚一边去！我在想象，如果这个时候父亲来了，那该是怎样的一幅画面！黑色的小轿车由远而近，稳稳地停在校园里，车门打开，西装革履、神采飞扬的父亲走下车来，那要羡煞同学们多少双眼睛啊！

这时，"长颈鹿"一指校门口，大呼小叫，你父亲来了！我抬眼望去，认错人了吧？使劲揉揉眼，真的没错，是我的父亲。只见他着一身工装，骑一辆不知从哪儿淘来的破自行车，稀里哗啦地驶进校园。那一刻，我的心像是被谁扔进了雨水里。"长颈鹿"一脸的坏笑说，你父亲的小轿车怕是跑丢了两个轮子吧！同学们"哄"地大笑起来，继而四散逃离。

父亲不亢不卑地走过来，抬手抹一把满脸的雨水说，我没迟到吧？我憋不住了，连珠炮似的轰向父亲，你的轿车呢？你的老板服呢？你是故意让我在同学面前出丑吧！父亲一愣，皱着眉头说，你怎么看重这些东西呢？这些东西对你很重要吗？我把脸扭向一边，懒得搭理他。父亲叹一声，一脸忧伤说，父亲的公司几个月前就垮掉了，早抵给了别人，之所以没告诉你，是怕影响你的学习。是父亲没本事，没能留住公司，我现在也只是公司的一个守门的。儿啊，你的路还长，别指望谁能帮你，你得靠你自己去走啊！说完，父亲转身大步走进教室。

怎么会这样呢！我不顾一切地冲出楼道，一路狂奔来到校园背后的那片树林里。雨打树叶哗哗响，像在敲击我的心。我两手死死抱住一棵树，眼泪和着雨水往下淌。

那一年，我十八岁。

两年后，我终于考上了一所理想的大学。接到录取通知书那天，马老师拍拍我的肩说，好样的，我当初没看走眼。不过，你得感谢你的父亲，去，看看他吧。我一怔，猛然想起，自从那次家长会后，我很少回家，父亲守门的那个地方我更是从未踏进过半步。

我捧着大红的录取通知书赶到父亲一手创建起来、而今已不属于父亲的那家建筑公司，一头钻进了门卫室。奇怪，里面没有父亲，却是我从前就认识的那个门卫老头黄四爷。我问黄四爷，我父亲呢？黄四爷用手一指对面的办公楼说，在楼上的经理室呀。我一愣，疑惑地说，我父亲和你一样，不是个守门的吗？黄四爷哈哈一笑，说，你父亲守门？那经理谁来当啊？

我什么都明白了，转身走出门卫室。七月的阳光热烈而欢快，我的泪水忍不住飞落下来。

丫丫的歌

女人端坐在梳妆台前，精心地化了一次妆，是浓妆艳抹的那种。平时，女人很少化妆，即便是有什么应酬，女人也只化淡妆的。女人喜欢那种自然的质朴美。女人对着镜子看，感觉对面的那个女人好陌生，不再是从前的那个自己了。一丝冷笑刀刻般凝在女人的嘴角。

四岁的丫丫磨磨蹭蹭，好半天都不肯从她的小房间里出来。女人知道，丫丫是不想让她走，更不想离开这个家。女人侧过脸说，丫丫，快点收拾你的东西，妈妈还要赶着去坐车呢！

就在昨天，女人接了一个电话，是在省城做建材生意的男人打来的。接完电话，女人傻了，呆坐了足有半个时辰。尽管女人早有预感，知道那件事迟早会发生，但女人没有想到，那件事会来得那么快。看看天色已晚，女人拢拢头发，也拢拢像头发一样散乱的心情，对刚刚到家的丫丫说，妈妈明天要出趟远门，你去和姥姥住一段日子，好吗？丫丫摇摇头，嘟起小嘴说，不好，我去了姥姥家，怎么上幼儿园？姥姥家离我们幼儿园那么远。女人说，这你放心，妈妈刚才给你们的老师打了电话，向她请了假，你就好好在姥姥家玩几天吧。丫丫歪着脑袋，想了一会儿说，妈妈，你是去省城看爸爸的吧？女人一个激灵，好一会儿点点头，说，是的，妈妈是要去看爸爸的。丫丫小猫似的偎过来，可怜巴巴地说，妈妈，你带我一块去好不好？我也想爸爸呢。女人很不高兴的样子说，你爸爸那边特别忙，妈妈去……是帮他打理生意的。你去了只能添乱，谁来照顾你呀？丫丫说，妈妈，我都四岁了，会照顾自己的，我保证不给你和爸爸添乱。女人摇摇头，坚决地说，那也不行！丫丫，听话！丫丫好失望。女人摸着丫丫的脸蛋，红了眼圈儿说，到了姥姥家，别惹姥姥和姥爷生气，记住了吗？丫丫不舍地看着女人，无奈地点点头。

屋子暗下来，天要黑了。女人开了灯。灯光下，丫丫突然想起了什么，对女人说，妈妈，下午老师教了我们一首儿歌《世上只有妈妈好》，我唱给你听听吧。女人点点头，说好啊。丫丫站直了身子，很动情地唱起来：世上只有妈妈好，有妈的孩子像块宝，投进妈妈的怀抱，幸福享不了……

女人在心里幽幽地叹一声，可怜的丫丫，也许从明天起，你就成了没妈的孩子了！

整整一夜，女人无眠……

一缕阳光透进窗来。女人知道，她该走了。到省城的客车八点发车，晚了会错过的。

女人起身离开梳妆台，径直走向卧室。那只早已准备好的手包安静地躺在床头，女人拿在手里，下意识地捏了一下，空的。怎么会呢？女人迫不及待地打开，不由倒吸了一口气，包里的那把水果刀不见了！

女人四处看看，家里除了她和丫丫，不会有别人。这个丫丫，鬼灵精怪的，一定是她把刀拿去了。女人定定神，大声说，丫丫，你过来！

丫丫应声而来，惊恐地站在门口，两只手背在身后，怯怯地看着女人。女人说，妈妈包里的那把水果刀呢？是你拿了吧！

水果刀果然藏在丫丫的背后。丫丫拿出刀交给女人，含着泪说，妈妈，你不是去看爸爸的吗？干嘛还带把刀呀？

女人语塞，半晌才回过神来说，噢，是这样子的，现在车上有坏人呢，妈妈带把刀……是用来防身的呀。说着，女人把刀又塞进包里。

丫丫走进来，扬脸看着女人说，妈妈，你要走了，我再给你唱一遍那首儿歌吧。到了省城，你怕听不到呢。

女人一愣，赶忙掏出手机，边开录音键边说，丫丫你唱吧，妈妈把这首歌存进手机里。什么时候想你了，就打开听你唱一遍。

丫丫点点头，奶声奶气唱起来：世上只有妈妈好，没妈的孩子像根草，离开妈妈的怀抱，幸福哪里找……

丫丫的歌声，像一把刀，扎在女人的心上。没妈的孩子像根草，离开妈妈的怀抱，幸福哪里找？女人再也控制不住自己的情绪，一把抱住丫丫，泪流满面地说，丫丫，对不起，是妈妈不好！妈妈不去省城了，哪儿都不去，妈妈要好好陪在你身边……走，妈妈这就送你去幼儿园！

女人擦干眼泪，牵着丫丫的手，扬着头向楼外走去。

外面，阳光灿烂……

算 土 方

"咣当"一声，我家的院门被踹开，东倒西歪了好一阵才站稳。爹怒气冲冲跨进当院，抬腿一脚，把迎接他的大黑狗踹回狗窝。谁惹爹生这么大的气啊？

娘正在屋里擀面条，隔着窗玻璃，把爹的一举一动看得真真切切。娘放下手里的擀面杖，打开屋门，对着走过来的爹说，你不是在后河滩挖土方吗？咋的，挖出炸弹了？

爹黑着脸，鼻子里重重一哼，侧身从娘的身边进了屋，一屁股坐在炕沿上。爹抓起旱烟袋，装烟点火，狠狠地抽了几口说，我明明挖了五方的土，和宽成的一样多。可那狗日的工头偏说是四方。少给我算了一方的土，那可是二十块钱哩！

娘急了，挖多少方的土，你不能和他量，和他算吗？

算个屁！他要是知道我会算，压根儿就不会这样。他这是明摆着欺负咱睁眼瞎呢！

这个天杀的工头！娘阴沉着脸，不经意间盯上了我。我正在编蝈蝈笼呢，再有几道工序，就大功告成了，突然间被娘这么一盯，我的心里就直发怵。娘啊，你该不会打我的主意吧？果然，娘冲我开了口，口气不容推辞，小宝，快陪你爹去一趟后河滩，把工头少算的那一方土给算回来。咱可不能吃这个哑巴亏！

我不敢正视娘，嗫嚅着说，娘，我……我哪会算土方啊？

娘气不打一处来，手里的擀面杖"砰砰"敲打着面板说，啥？你都五年级了，立马就该上初中了，连个土方都算不来？你把书都念到狗肚里去了吗？哎哟，真是一摊稀泥巴，糊不上墙头！

爹把旱烟锅在鞋底上重重一磕，站起身对娘说，快别难为他了。你忘了吗，上回考试，他数学才考了四十分，连格都及不了，能算出土方来，那就神了。这样吧，我还是去找找明明吧。说完，爹急急地出了屋。

娘咬牙切齿地瞪着我，手里的擀面杖差点儿没抡到我身上。

爹说的明明是我同学，家在村东头。明明肯用功，回回考试，语文数学都能拿满分，为此，我们的班主任苏老师可没少表扬过他呢。算个土方，对明明来说，那还不是小菜一碟？爹去找明明，算是找对了人。

娘的面条还没下进锅里，爹就回来了。看爹脚步腾腾的样子，我什么都明白了。娘笑眉笑眼从爹手里接过那二十块钱，说，是明明给算回来的吧？爹点点头，意味深长地瞥了我一眼。

我那个臊啊，恨不得一头钻进我家炕洞里。我能想象出来，当时明明的那种神气样儿，有多少人围着他，又有多少双羡慕眼睛望着他。本来，这是我们家的事，那个算土方的人应该是我，而不是明明……我抓起就要编好的蝈蝈笼，在爹娘的注视下扔到地上，两只脚不停地踩，踩，踩……

……

几年后，我和明明一同考上了大学，成为村里的第一代大学生。我能有今天，应该感谢明明，是那次算土方改写了我的人生。接到录取通知书那天，我和明明说起他当年帮爹算土方的事，明明一脸茫然地说，没有吧？哪有这回事啊？回家问爹，爹略一沉吟，吐个大大的烟圈说，这事啊，你得去问你们原来的班主任苏老师，是她教我这么做的！

我找出当年的毕业合影，拂去上面的灰尘，望着端坐在我们中间的苏老师，我的眼泪忍不住飞落下来……

 # 戏演铡美案

"包龙图打坐在开封府……"一声粗犷雄浑的吼唱，如炸雷滚云，惊得戏台上的几只麻雀扑楞楞飞远。

台上的包公，方步、甩袖、捋髯、瞪眼，一招一式，正义凛然，威风八面，神鬼皆惊。台下立时爆发出如雷的掌声和如潮的叫好声。

演的正是传统戏《铡美案》。

《铡美案》是刘家戏班的重头戏，每到一地，《铡美案》必演，而且场场爆满。演包公的演员叫冬林，挺爷们儿的一个名字，却是个地地道道的女人。冬林是刘班主的外甥女，因为冬林排行老五，生下来就大手大脚，没一点儿女孩子相，家人不待见，五岁时就被送进了戏班子，混口饭吃。冬林八岁学戏，十二岁登台，最初，只能演个男仆什么的，连丫环都演不了。女大十八变，冬林却没变出一个漂亮的女儿身，反而壮得如铁塔，而且嗓门奇亮、奇粗，比男人还男人。

那一次，刘班主突发奇想，让冬林试唱一句黑脸戏文。冬林也不推辞，简单拿捏几下，方步、甩袖、捋髯、瞪眼，一声"包龙图打坐在开封府"，如雷贯耳，余音绕梁，博了个满堂彩。从此，冬林一嗓子定乾坤，成了戏班里演包公的不二人选。

冬林今年二十八岁，演包公整整演了十年。

冬林的男人原先是个走村串户的小货郎，一副货郎担，吱吱扭扭，很是辛劳。后来在冬林的帮衬下，丢了货郎担，在马河镇盘下一间铺面，当了坐台的掌柜。

开始，男人对冬林还是疼爱有加，自从当了掌柜，男人变了，对冬林像对待陌生人那样，不闻不问。问男人，男人支吾半天道出实情，我

可不想和一个男人过一辈子。冬林傻了。终于有一天，冬林演出结束，提前回家，看到了她不想看到的一幕。

冬林没哭没闹，把一双儿女寄养在乡下，只身回到戏班里。

戏毕，冬林常常独自坐在一边，呆呆地望着远方，半天不动。

那一天，冬林卸了装，再次步出戏台。刘班主不傻，早就看出外甥女心里有事，便悄悄跟了出来。

是晚秋，枯黄的树叶如冬林的心，飘飘零零。

刘班主说，冬林，有什么事别憋在心里，跟舅舅说说好不？是不是一步云嫌弃你了？一步云是冬林男人的小名。

冬林哀哀怨怨地说，我也想做一个好女人，可我就是做不好啊。舅舅你说，是不是跟我演包公有关啊？

刘班主一惊。

刘班主做了大半辈子的班主，还是头一次听到这样的说法。刘班主说，你看，咱戏班里不是也有好几个男人演女人的戏吗？男人反串女人没事，女人反串男人咋就有事了呢？既然这样，那好，从明天起，我不让你演包公就是了。给你放几天假，回家好好伺候一步云，我可不想毁了你的家。

第二天，演出依旧，剧目依旧是刘家戏班的拿手戏《铡美案》。

大幕拉开，紧锣密鼓，包公出场，方步，甩袖，捋髯，瞪眼。台下响起一片喝彩声，喝的是倒彩。土坷垃、碎石子扔上台来，稀里哗啦，戏台上乱了套。

台下有人谩骂，啥狗屁包公，一点都不像，跟个缩头乌龟似的！

刘班主疾步上台，抱拳施礼，满脸陪笑说，对不起，对不起！各位，咱换出别的戏，可好？

有人不答应，我们就看《铡美案》，就看冬林演的包青天！

刘班主脑门沁出细汗，心里叫苦连连，这该如何是好？如何是好啊。看来，刘家戏班要真的散了。

这时，冬林来了，左手牵儿，右手拽女，那情景，活脱脱一个现代版的秦香莲。

刘班主什么都明白了，眼泪盈满眼眶，哆嗦着嘴唇叫道，冬林！一声对不住没说出口，就被冬林硬生生给挡了回去，冬林说，舅舅，救场如救火，吩咐人快给我备戏装，我还要演一回包青天！

此话一出，刘班主连连摆手，罢了，我这戏班子就是散了，也不让你再演包公啊。

再看冬林，已脚步腾腾步入后台。

冬林坐在化妆台前，粗大的手指勾一指黑油彩涂在脸颊，对着镜子说，我就不信，我的龙头铡就铡不尽这世上的陈世美！

乡村二月

乡村二月，早春的风还有点冷。

前面拐弯处，就是刘根家。我紧走几步，撵上三哥说，咱要不要和二月说一声？

三哥头也不回，说啥？说个屁！咱躲她还来不及哩。我挠挠头，想想也是，就不再吭声了，屁颠屁颠跟着三哥往村外走。

我和三哥在城里打工，准确地说，是在郊区一家私营砖厂做水泥砖。三哥早几年进厂，干得不错。我中学毕业后没事干，三哥就把我领进砖厂。三哥这人好说话，他不仅带了我，还带了村里的刘根一块儿进厂。

刘根大我几岁，别看干活孬种，这小子心眼活，嘴巴甜，干了才几个月，就和老板的独生女儿好上了，从此，刘根不仅不用干活，还做了个小头目，整天背着手在工地上转来转去，吆五喝六，牛得不行！

几天前，砖厂停电，放假五天。本来，我和三哥一块邀刘根回村的，可刘根不肯回去，我和三哥当然明白刘根不回的原因。以前，我一直不明白，桃花一样漂亮的二月，怎么会嫁给刘根呢？现在我总算明白了过来，刘根这小子，很会讨女人的欢喜呢……

走过村街，来到村口。

刚刚抽出嫩芽儿的老槐树下，站着一个女人，正是二月。

我偷眼看三哥，三哥只管怔怔地往前走。

风吹乱二月好看的头发，吹动着二月的衣襟，飘飘的。二月肚子鼓鼓，身子笨笨地站在那里。

走近了，二月说，你俩走呀？

三哥嗯，我也嗯。

二月拢拢散乱的头发，看看我，再看看三哥说，你俩跟我说句实话，刘根他……是不是和老板的女儿……

三哥不看二月，仰着脸看天。谁说的？没影儿的事！说这话时，三哥面无表情，脸色僵硬。

没影的事？二月眉头拧个疙瘩说，厂子放假，你俩懂得回来，他咋不回来？

我赶忙打圆场，刘根有文化，老板留他做预算呢。

二月冷笑一声，怕是和老板的女儿做结婚的预算吧。

三哥把右肩上的挎包挪到左肩，撸一把脸说，二月，别想那么多，保重身子，刘根他……会回来的。

回来？我打他电话都不接，他会回来？停一下，二月又说，你俩要赶路，我不能拦着，就请你俩给他捎个话，他不要我也罢，我肚里的孩子……咋办？

三哥噤了声。

我站在一边，看看远处的山，近处的河。

他这是逼我上死路啊！二月说完，转身朝村里走去，我看见，二月的眼里甩出一串泪珠儿。

二月走了，走地扭扭搭搭，趔趔趄趄。

三哥一拳砸在槐树上，狼一般叫，狗日的刘根，猪狗不如！我日你祖宗！

我劝三哥消消气，我说，反正你骂他也听不到，咱还是赶路吧。等去了砖厂，咱再想办法也不迟。

走出村口，踏上大道，太阳已经升高。

三哥一脸自责地说，这事，都怪我。我不该带刘根进城，更不该带他进砖厂。他要是不进砖厂，就碰不上老板的女儿；碰不上老板女儿，也就不会弄出这些破事儿来。

我说，这事咋能怪你呢？要怪，只怪刘根那小子，活脱脱一个当代的陈世美！事到如今，我倒有一个办法，保管能让老板把刘根踢出砖厂。

三哥一下子来了兴致，定定地看着我，说说看。

我说，三哥，你知道有钱的人最怕啥吗？那就是别人跟他说瞎话。

刘根不是跟老板说他还没成家吗？咱俩找上门去，把底儿给他抖了，不信老板不扒了他的皮！说完这话，我一脸的得意，我仿佛看到，被老板踢出砖厂的刘根，灰头土脸，不敢见人的熊样。

三哥说，行吗？

我说，咋不行？

三哥说，没有别的办法了？

我说，现在没有，只能这样。

三哥咬咬牙，好，就依你！

离村已经很远了，回头望去，背后的村庄，变成麻子似的小黑点。

通往城里的班车从远处而来，稳稳地停在路口。哐当，车门打开，我和三哥跨上去。就在班车要启动的时候，三哥突然叫一声不好，转身跳下车，两条腿长短不齐地朝村里的方向跑去。

我一愣，赶紧下车，冲着三哥的背影喊，三哥，你干啥去？咱俩不进城了？

三哥边跑边说，进你个头！弄不好，那是两条人命哩！

我明白了，撒丫朝三哥撵去。

 # 乡村腊月

乡村腊月，年的味道越来越浓了。

五更置办完年货从镇上回来，路过一个叫二道洼的山村时，不由得停下了脚步。抬头看看日头，天还早着呢。五更想，该不该去一趟有良家呢？

有良是个包工头，在城里揽活儿，干得不错。去年，五更跟随有良在城里盖了一年的大楼，累个半死，挣了八千块钱。到年底，有良付给五更五千块钱后，就没了下文。为那三千块工钱，五更讨过好多次，每次去不是见不到人，就是说盖楼的钱还没下来。五更不明白，楼房交工快一年了，人都住进去了，钱会没下来？哄鬼去吧！为这事，五更的心里很是不爽。

俗话说，腊月不卖镰，过年不要账。五更想，反正都等一年了，也不差这几天，还是等过完年去讨吧。再不给，有他好看！五更狠狠地踢飞路边一块石子，掂掂年货，继续赶路。

出了二道洼，前面是座山。山路像条带子，盘绕在山间，曲曲弯弯。虽是腊月天，五更背着沉甸甸的年货走在山路上，脑门还是沁出一层细汗。拐过山口，五更突然愣在那里。前面不远处，一个放羊人蹲在地上，怀里抱着一个穿红衣服的女孩，旁边倒着一辆崭新的电动车。五更明白了，加快步子赶了过去。

见有人来，放羊人抬起一张黝黑的脸说："这女孩从前面那个村庄过来，我的羊群正好过山路，她躲羊躲到岩石上，摔得不轻，我喊她大半天都喊不醒……兄弟，帮个忙吧！"

五更放下年货，仔细一看，吃了一惊。这女孩他认得，正是二道洼村有良的女儿。五更的嘴角一撇，扯出一丝冷笑：狗日的有良，欠我工

钱不还，却拿钱给女儿买电动车来显摆，不出事才怪呢！

放羊人说："兄弟，你有手机吗？快打个急救电话吧！"

五更的手伸进口袋，手机就躺在里面，可他并没有掏出来。五更板起脸说："你是放羊放傻了吧？你也不想想这是啥地方，等急救车过来，人都凉了，还急救个屁！"

放羊人看着五更，呆瓜着一张脸，不知所措。五更说："你还愣着干啥？快把女孩送到山下去呀。下了山，不就好办啦？"

"对呀，还是兄弟有办法。我这就送她下山。"说完，放羊人从地上起来，抱起女孩就往山下跑，跑出几步回头叮嘱五更说："兄弟，女孩的电动车就交给你了，你可看好了。"五更摆摆手说："走吧，走吧。丢不了。"

看着地上那辆崭新的电动车，五更窃笑：讨不来工钱，这辆电动车也值那三千块！嘿嘿，人算不如天算哩！五更扶起电动车，把年货往车上一撂，抬腿便跨了上去。

五更到家时，可把媳妇给乐坏了，摸着电动车喜滋滋地说："哟，崭新的电动车呢！村主任老婆就骑这么一辆，爱死个人了。五更，给我买的？"

五更下了车，瞪媳妇一眼，没好气地说："也不拿个镜子照照，啥德性？想得美！"

媳妇不高兴了，拉长了脸说："大腊月的，嘴上也不积点德，瘟神！"

五更取下年货交给媳妇。媳妇转身要走，突然看着电动车一惊一乍地说："不对呀，这辆电动车不是有良女儿的吗？"

五更一愣："你咋知道？"

媳妇说："你去镇上不久，有良女儿就骑着这辆电动车找上门来，是给咱送工钱来的。女孩说有良病了，在镇上打点滴，他打你电话你换了号，怕咱过不了这个年，就让女儿给咱送来了。临走时，女孩还转告有良的话，说来年春天，你要是找不到活儿干，尽管找他去……"

五更像当头挨了一闷棍，差点摔倒。

媳妇说："五更，这辆电动车到底咋回事啊？天杀的，你不是把人家女孩给劫了吧？"

五更不说话，闷头跨上电动车，"吱溜"蹿出院门……

一句话，一辈子

四十年前，他是大队的民兵营长，她是村里老地主的女儿。

他领着民兵开大会，隔三差五搞批斗。老地主经不起折腾，一头撞死在柱子上。她疯了一般，一路狂奔出了村。他害怕再闹出人命来，紧随其后，穷追不舍。

果然，她跳了潭。他也跟着跳下去。他力气大，水性好，任她在水中挣扎厮打，硬是把她救出了水潭。

她并不领情，凶巴巴瞪着他：我什么都没有了，你让我怎么活？你救我就是害我呀！

他紧咬嘴唇，咬出血来。突然，他看着她的泪眼说：我要管你一辈子！

他要娶她，就像晴空响起的炸雷，把不大的山村震了一个趔趄。人们都知道，村支书瞧得起他，有把女儿嫁给他的打算。他年纪轻轻当上民兵营长，就很能说明问题。人们认为他的脑子进水了，要不然，放着村支书的千金不娶，怎么偏要娶地主的女儿？家里更是乱成一锅粥，娘的手指头雨点般晃着，发下狠话：你要敢娶她进门，我就跳潭去！

他扑通给娘跪下，从早跪到晚，任谁拉他都不起来。娘撑不住了，含泪点了头，狠狠给了他一个耳光说：你个一根筋、缺心眼的东西！

村支书感觉受了侮辱，一句话，撸了他的职，还把他发配到山里去抡锤采石。这一干，就是几年。

为防节外生枝，去采石场之前，他把她匆匆娶进了门。没有酒席，没有热闹的场面。新婚之夜，他一脸愧疚地对她说：让你受委屈了，等以后日子好了，我一定热热闹闹再娶你一回。

她流着泪说：能进你家的门，我就知足了，还奢求什么呀？

结婚第三年，婆婆突然不能动了。嫂子伺候了没几天便怨声载道，叫苦不迭。她来了，挺着个大肚子把婆婆接过去，端屎端尿，喂吃喂喝。婆婆临终时拉着她，久久不肯撒手。

日子流水般过去。几十年了，他和她没红过脸，没拌过嘴，让村里那些常常吵嘴打架的夫妻羡慕得不得了。

儿子考上了大学，他忙里忙外，杀猪宰羊，打酒买菜，把村里能请到的人全都请了来。她不解，悄悄把他拉到一边问：儿子考上大学，庆祝一下是应该的，你怎么搞这么大动静？

他说：如今日子好了，我要兑现当初对你的承诺。

她一愣：啥承诺？

他一本正经地说：热热闹闹再娶你一回呀！

她笑出了眼泪：都老夫老妻了，你还真把那句话搁心上了？

他说：男人吐口唾沫就是钉子。

儿子在城里安家后，三番五次要他们一块进城去住。他笑呵呵回绝了儿子：进了城，住你的，吃你的，穿你的，我就管不了你娘了。

天有不测风云，过完六十三岁生日，他突然倒下了。紧急送往医院抢救，医院的病危通知下了三次。人们都说，他怕是逃不过这一劫了。

半个月后，他竟然挺了过来，连医生都觉得这是个奇迹。

她喜极而泣，紧紧拉着他的手说：我还以为……你要撇下我先走一步呢。

他说：我说过的，我要管你一辈子！

她甜甜一笑，宛如幸福的新娘……

 # 玉 米 嫂

玉米嫂给电厂厂长家当保姆，当了一年半，孩子满四岁，该上幼儿园了。玉米嫂又一次下岗了。

厂长觉着玉米嫂这人实在，手脚也勤快，有意帮她一把，就对玉米嫂说，我看你现在找活儿也很难，要不这样，我跟管后勤的人说说，让你进厂里当个清洁工，你愿不愿意？

玉米嫂巴不得这样，儿子在读高中，马上就要毕业了，用钱的地方多，她可闲不起呢。玉米嫂忙说，好啊！谢谢厂长！

于是，厂里的清洁班又多出一名四十来岁的清洁工，就是玉米嫂。

厂子不算大，清洁工也不多，就十来号人，分成两伙，一伙楼内，一伙楼外。有新的清洁工进来，需要重新分工一下，清洁班长有点作难。玉米嫂是厂长介绍来的，他不敢怠慢，可是以前那些负责楼内卫生的清洁工他也得罪不起。班长就来征求玉米嫂的意见。玉米嫂问。哪儿缺人手？清洁班长说，当然是楼外喽！玉米嫂很大方地说，楼内楼外还不一样搞清洁，俺就楼外吧。清洁班长长出一口气，紧蹙的眉头舒展开了。

划片时，玉米嫂的旁边是胖婶。胖婶心直口快，是个直肠子，实话实说，你咋不要求进楼内呢？你傻呀！玉米嫂笑笑，没吱声。胖婶接着说，在楼内清洁，风不吹，日不晒，多好！再说，办公室里那些旧杂志、废报纸全归你，掂出来能换不少钱呢。

正说着，一辆轿车飞驰而来，停在办公楼下。车门打开，厂长从里面出来。胖婶冲玉米嫂努努嘴说，你不是给厂长家当过保姆吗？快去跟厂长说说，让班长把你调到楼内去。玉米嫂站着没动，挥起扫帚，刷刷刷，边扫边说，能进来就给人家添麻烦了，再说，楼外是俺自个儿选的

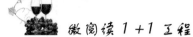

呀！胖婶说，那是你刚来，不懂得。

那天早晨，刚上班，厂长把车停在一边，径直走到玉米嫂面前，低语了几句后走了。胖婶拖着扫帚凑过来说，厂长是要把你往楼内调吧？玉米嫂眼圈红红地说，他家丫丫哭着闹着想见俺，厂长问俺有没有空上他家一趟。唉，这个丫丫，鬼灵精怪的，跟俺就是扯不断，有感情哩。胖婶说，这可是个机会，你不要错过了。

次日上班，胖婶发现，她的旁边还是玉米嫂，胖婶什么都明白了，翻翻眼皮说，你呀你，四十几岁的人了，脸皮咋还那么薄？

玉米嫂的儿子没能考上大学，也不再补习了，整天闲在家里，无所事事。这事被胖婶知道了，胖婶说，这下，为了儿子，你也该找找厂长了吧？儿子闲在家不是个事，会闲出事来的。还是让厂长给他找个活儿干吧。玉米嫂说，儿子是俺养的，凭啥找人家呀？再说，他能干啥？胖婶说，凭你给他家当过保姆呀。俺姨妹给一个老总当过保姆，老总把俺妹夫给安排了工作，还给了一套住房。你儿子不是刚走出校门吗？正是锻炼的好机会。玉米嫂动了心，几次走到厂长的办公室门口，又都折转回来。问她，她支吾半天，说俺张不开嘴呀！

一年后，厂里传出消息，说厂长要调走了。这次，玉米嫂终于打定主意，要去见厂长了。胖婶说，你早该去见他了。

玉米嫂就去见厂长。厂长正在整理桌上的文件，看见玉米嫂，有点惊奇地说，哦，是玉米嫂，快坐！玉米嫂站着，憋了好大的劲儿说，厂长，听说你要调走了，俺有件事想求你。厂长把手里的文件摆在一边，笑笑说，啥求不求的，我这不是还没调走吗？有啥事你尽管说。玉米嫂说，你们这一走，不知啥时才能再见面。俺……俺就想再见见丫丫。这几天，俺夜夜梦见丫丫哩。玉米嫂眼里有泪，在眼眶里打转转。厂长的眼角也湿了，好半天才说，中午下班我开车接你去，好吗？还有事吧？你尽管说！

玉米嫂很坚定地说，厂长，就这事！

秋风起

一辆出租车停在村口的老槐树下。女人下了车，嘱咐司机在这里等她，转身袅袅娜娜地进了村。

是秋天，庄稼成熟的馨香把村子塞得满满当当。女人是一路打听才找到玉米家的。

女人进门时，玉米刚刚从地里回来。

玉米一身的疲惫，可玉米顾不得喘口气，抱出婆婆换下来的被褥，晾在院里的绳子上。七八只鸡绕在她的脚边，叽叽咕咕，圈里的猪把栅栏拱得"哗啦啦"山响。喂了鸡，喂了猪，玉米正要回屋，一抬头看见了女人。

玉米不认得女人，可玉米一眼就看出来，女人是城里人。女人穿风衣，戴墨镜，很洋气。

女人盯着玉米看了好半天，犹犹豫豫地说："大姐，我路过这里，口渴了，想讨杯水喝，行吗？"

玉米笑了："不就一杯水吗，有啥不行的？进屋喝吧。"

女人随玉米进了屋。玉米拎起水壶，壶里没水了。玉米赶忙说："你歇个脚，我这就烧几瓢，立马就好。"

玉米出门抱一捆柴回来。女人说："大姐咋不烧煤气，村里没人卖？"

玉米说："有是有，可一罐就一百多，烧钱呢。乡下有的是柴，烧惯了……"

玉米烧水，女人的眼睛也不闲着，从屋里看到屋外，又从屋外看到屋里，看得很认真。

玉米说："你是城里人吧，来乡下走亲戚？"

女人一愣，回过神来。女人"嗯"一声，点点头。

锅里的水快开了，热气在锅边缭绕。玉米拉开抽屉，取出一包茶叶说："我男人从城里捎回来的，我喝不惯。你们城里人爱喝茶，我给你泡一碗喝。"

女人抿嘴笑笑，说："大姐真好。"

泡好茶，满满一大碗，茶香扑鼻。女人也不客气，端起碗，"吸溜吸溜"地喝。

玉米又舀了一碗水，端着要走，回头对女人说："我给婆婆送碗水喝。"

女人一愣："你婆婆怎么啦？"

"瘫了三年了，动也动不了……"

女人说："大姐的男人不是在城里吗？你们进城也好有个照应。"

玉米叹口气说："男人老早就要接我们进城去，可婆婆这样，咋去呀？男人开公司，够他忙得了，不能给他添乱……再说，家里的鸡呀、猪呀、地呀，也丢不开……"

阳光透过窗户洒进屋里，细细碎碎，铺了一炕。

玉米进了里间屋，扶婆婆起来，拿个勺子给婆婆喂水喝。每舀一勺水，玉米都要搁唇边吹吹，然后喂进婆婆干瘪的嘴巴里。

婆婆只喝了几口，就不肯再喝了。婆婆攥着玉米的手，不说话，光流泪。玉米急了："好端端的，哭啥呀娘？饿了吧？我这就做饭去，咱吃鸡蛋面……"

女人说："打扰大姐了，我该走了……"

不等玉米说话，女人就一步跨出门去。女人走得有点慌乱，出门时，头差点撞到门框上。

女人一溜小跑出了村。出租车依旧停在老槐树下。女人掏出手机，边拨号边对司机说："送我去就近的车站吧。"

电话通了。女人说："咱们断了吧。我走了……别找我，找也找不到的。"

想了想，女人又说："好好待你的妻子，她是个好女人……"

说完，女人关了手机。

秋风起。有槐树叶飘落下来，蝴蝶一般……

租楼房的民工

上个月，我把家搬进新楼房里，旧楼房便闲置在那里。闲着也是闲着，我和妻子一合计，决定把旧楼房租出去，每年也有一笔不小的收入呢。

广告发出去的第二天，就有人找上门来，要租我的楼房。租房的是一对民工夫妻，男的叫顺成，女的叫山桃。我知道，民工挣钱不容易，谁肯花大价钱租楼房住呢？我试探着说，你们看清广告上的内容了吗？那上面写得清清楚楚，我对外租的可是楼房，而且租金也高，每个月五百块钱，一年六千块呢！我想，我的这些话一说完，一准会吓跑这对民工夫妻的。

可是他们没跑。顺成往前一步说，大哥，俺们就租楼房！

这回轮到我吃惊了，我陪着小心说，敢问你们干什么工作吗？顺成说，俺当小工，逮啥干啥呗。山桃说，俺给饭店端盘子，顺便洗洗碗，拖拖地，抹抹桌子。一旁的妻子剜我一眼说，你这人真是，租房说租房，扯那么多干嘛？你查户口啊？我笑笑，言归正传，那好吧，我答应把楼房租给你们。不过，租金最好一年一次缴清。你们还有什么话，请尽管说。

顺成吭哧半天，搓着巴掌说，大哥，俺们……俺们就租一个月，成吗？不等我说话，山桃忙扯扯顺成的衣袖，小声嘀咕，干啥租一个月？租半月就成。顺成白了山桃一眼说，半个月？那不成二百五了吗？就一个月！

我差点没笑出声来，租房租一个月、半个月，那我不成了开旅店的吗？我朝他们摆摆手说，别说一个月，两个月我也懒得往外租，搬来搬去，那多麻烦。你们还是去找找别人吧。

顺成急了，大哥，你就租给俺们一个月吧。山桃也说，帮帮忙，大哥。要不，俺妹妹不肯上大学呀！

我一愣，说，租楼房和你妹妹上大学有什么关系？

山桃说，俺妹妹叫山杏，打小就是块念书的料，可俺家穷，爹娘都是药罐子，供不起山杏。就在山杏要退学的那年，俺和顺成结了婚。顺成把山杏当自个儿的亲妹妹待，说啥也不让山杏退学。三年了，为了山杏，俺们省吃俭用，连孩子都没敢要。今年，山杏考上了大学，还是重点大学呢，可她就是不肯上这个大学，她是不想再拖累俺们呢。为这事，俺和顺成回过一趟老家，苦口婆心地劝，山杏就是不答应。顺成没办法，拍着胸脯吹了牛，说俺们在城里挣了钱，还买了楼房呢！哎哟，楼房在哪里？这不，前几天，俺爹偷偷打来电话，说山杏没准儿哪天要来看看俺们呢。其实，她那小心眼瞒不过俺，她是要来看看俺们到底买没买下楼房呢！

我看着面前这对憨憨的民工夫妻，一时不知说什么好。

这时，顺成腰里的手机响了，他忙掏出那只掉了皮的旧手机，退到一边接电话。没说几句，顺成傻了一般，哭丧着脸对山桃说，坏了，山杏来了，刚下火车，让俺去接呢！

山桃也慌了，连声说，这可咋整，这可咋整？

顺成几步过来，从口袋里掏出一沓钱，不由分说塞在我手里说，大哥，帮帮俺们这个忙吧。这是五百块，一个月的房租。俺这就去接山杏。说着，转身往外走。

站在我旁边的妻子提醒顺成说，你还不知道我们的楼房在哪里，你带着山杏满大街转悠吗？

顺成憨憨一笑说，嫂子，你们家的楼房不就在对面那个小区里吗？俺跟着别人给装修过呢。你和大哥是好人，俺可记着呢！

我心里一动，把钱还给山桃，山桃不接，我说，你们的运气不错，算是找对门了。楼房里的家具我们没搬走，旧是旧了点，都是现成的。就是缺几套被褥、床单，你快去买几套回来，别把戏演砸了啊。

顺成和山桃冲着我和妻子深深地鞠了一躬。我看见，他们的眼里有点点泪光。

# 哥 们 儿

　　王飞和李恩是从小一起长大的哥们儿。

　　王飞脑子活络，有胆有识，敢想敢干。早在几年前，他就包了几座煤窑，当起了煤老板。谁都知道，开煤窑赚钱，王飞也不例外。有了钱，王飞不仅买了车，还在村里盖起第一座小二楼。村里人说起王飞，没有不翘大拇指的。

　　李恩呢？因为没胆量，啥事面前都缩手缩脚的。这些年来，李恩就一门心思侍弄着那两亩薄田。日出而作，日落而息，鸡一样土里刨食。日子过得不咸不淡。

　　李恩的媳妇不止一次地奚落李恩，尖酸刻薄，媳妇说："你和王飞是哥们儿，差别咋就那么大？你瞧瞧人家，多体面，多风光！再瞧瞧你，蔫儿不唧的，跟个气门芯儿……"

　　媳妇说得多了，李恩耳朵起了茧。一天，正吃着饭，媳妇又说起这事，没完没了的样子。李恩把碗一撂："烦不烦，你还让不让人吃饭？"媳妇没好气地说："吃吃吃，吃死你！"李恩嘟囔着说："大不了，我到王飞的煤窑打工去……"

　　媳妇两眼一亮，一拍巴掌说："对，找他去。你跟他是哥儿们……哥们儿是啥？有福同享，有难同当啊。他吃肉，能不给你喝碗汤？"

　　第二天，李恩就去找王飞。不等李恩说完，王飞脸一板，说："你看看，我这里都是机械化开采……你来，能干啥？"李恩张着嘴，说不出话来。王飞背着手要走，临出门时撂下一句话："我可不养闲人！"

　　李恩碰了一鼻子灰，灰溜溜地回了家。"啥哥们儿啊？狗屁！他眼睛里只有钱，钱才是他的哥们儿哩！"李恩咬牙切齿地骂。

人争一口气，佛争一炷香。李恩发誓，有朝一日，一定干出个名堂来。

机会来了。

江苏人在村里办的养鸡场要转手。千载难逢，李恩的心动了。李恩找到江苏人，说明意思。江苏人说："我这鸡场正是赚钱的时候，要不是有病急着回老家调养，我是不会出手的。我的鸡场卖谁也是卖，不过，我要现钱哦。"

李恩回到家，七凑八凑，借遍了亲戚朋友，还差三万块。眼看三天的期限到了，李恩急得在地上转来转去。

媳妇说："别转啦！转能转出钱来？你去找找王飞啊，好歹你们也是哥们儿……"

李恩一脚踢翻地上的鸡食盆，"呸"地吐一口唾沫："我就是不买这个鸡场，也不会去找他！"

"真就不买啦？"

李恩出了门，去找村主任，让村主任帮他想想办法。村主任说："你没找找王飞？你们是哥儿们啊。"李恩绷着脸说："我要找他，就不来求主任了。"村主任挠挠头说："三万块，不是个小数目。要不这样，我带你去银行试试。"

李恩回家去拿身份证。远远的，看见自家院门口停着辆小轿车，好像是王飞的。他来干啥？

李恩疑疑惑惑进了门，果然是王飞。李恩冷着一张脸说："你来做啥？"

王飞呵呵一笑："听说你想买鸡场，钱不够，我过来看看要不要我帮个忙……"

"谢谢，不用！"李恩冷冷地说，"村主任已经答应帮我去银行贷款了。"

这时，李恩媳妇拿着一沓钱说："李恩，别贷了……你看，王飞已经把三万块钱给咱送来了……"

李恩看着王飞，一时不知道说什么好。

王飞要走，李恩媳妇说："你俩好久没在一起了，我炒个菜，你们哥俩好好喝几杯。"

两盘菜，一瓶酒，王飞和李恩面对面喝开了。

喝着喝着，李恩放下酒杯说："有件事我不明白，想问问你……"

王飞说："你说。"

李恩说："三年前，我去你煤窑打工，你不要我。今天，我买鸡场钱不够，你却主动把钱送上门来……到底啥意思啊？"

王飞嘿嘿一笑，说："你进我煤窑，只是个打工的。你买鸡场，是你自己当老板……这不是一回事啊。"

李恩明白了，端起一杯酒，眼圈红红地说："哥们儿，干了！"

两只酒杯碰在一起："干！"

借　钱

老二家的日子过得紧巴，老婆有病，是个药罐子，赶巧女儿又考上了大学，七凑八凑，也没凑够学费。老二一咬牙，决定卖牛送女儿上学。

这天一早，老二牵着牛刚出村口，村主任就从后面撵上来，拦住了他。村主任用手一指黑黢黢的南山说："卖了牛，你南山的坡地咋种？"

老二皱着一张苦瓜脸说："走一步算一步吧。我女儿上大学的学费还差三千块，一头牛钱哩。主任，不卖不行呀！"

村主任绕着牛转了一圈儿，抬手摸着油光水滑的牛背说："这么好的一头牛，卖了可惜，牵回去吧。差下的三千块，我帮你想办法。"

老二连连摆手："不行，不行。你已经借给我五百块，够多了。再说，你家日子也不宽裕，儿子在城里刚刚买了房……"

村主任嘿嘿一笑，说："我是村主任，面子比你大，就算借，也比你好借多了。你放心，三千块，我今晚一准给你借到。"

老二感激地看一眼村主任，牵着牛颠儿颠儿回了村。

日头落山时，村主任来到老二家。村主任说："钱我给你借到了，三千块。不过，人家要你亲自上门去拿，就是想和你坐坐，说说话儿。"

老二心里大喜，忙问村主任："哪家啊？可帮了我大忙，是该和人家坐坐，说说话。"

村主任边往外走边说："去了你就知道了。"

老二和村主任一前一后出了门，沿着村街往前走。路过小卖部，老二跑进去，还掂了两瓶酒。

正是吃晚饭的时候，村街上静悄悄的，空气中弥漫着扑鼻的饭香味儿。走出不远，村主任在一个高大的门楼前停下，用手指指院门说："到了，就这家。"

老二抬头一看，傻了眼。这不是老大的家吗？

老大和老二是亲兄弟，因为老宅的事闹翻了脸，还差点动起了手，哥俩不说话已经两年了，路上碰见，谁也不理谁，陌生人一般。老二不满地看着村主任说："主任，你这演得是哪一出，早说呀！我女儿就是不上这个大学，也不借他的一分钱！"说完，老二拎着酒掉头就走。

村主任一把拉住老二，瞪着牛卵样的两眼说："操，啥叫你的他的？他是你哥，你是他弟！亲兄弟是啥？那是打断骨头连着筋的亲人！我问你，你和老大是不是头顶屁股从一个娘肚子里爬出来的？"

老二不吭声。

村主任越说火气越大："别人的钱你借得，老大的钱你就借不得？你是属猪的，还是属驴的？我呸!"

老二不吱声。

村主任缓和了口气说："老大两口子说了，你女儿考上大学，他们也高兴，也觉着脸上有光。知道你的日子紧，他们早准备了几千块想给你送过去，就是抹不开这个面子……老大已经让了步，你是弟，也该就坡下驴了。"

说完，村主任往前几步，一把推开院门。老二看见，屋门口，站着已等候多时的大哥和大嫂。

大哥一步跨下台阶，边往这边走边说："老二啊，哥等你好久了，你就是不登门……人来了就好，来了就好！"

老二抬眼看着，一步跨过门槛，泪水"哗"地淌了一脸。

铺地砖的女人

我家房子铺地砖，请的师傅上门来。一见面，我的心里就有几分不爽。怎么是一男一女呢？而且，领工的就是那个女人。铺地砖的师傅我没少见，却很少见女人干这一行的。我说："你们是专业的吗？"女人大概没明白我的意思，一时不知该说什么好，愣愣地看着我。男的赶忙说："专业，专业。我们就是干这一行的。"女人明白过来，朝我一笑说："啥专业不专业啊？铺地砖这活儿，看得见，摸得着，连三岁的孩子都哄不了……"

这两人是同事介绍过来的。我不和女人理论，掏出手机拨通了同事的电话，同事说："我家地砖就是他们铺的啊。活儿干得好，工钱也合理。咱们是同事，我能坑你？不瞒你说，我也是经别人介绍才请的他们……"

既然这样，那就干吧。谈好工钱，果然不高。临出门时，我对女人说："沙子水泥和瓷砖就在楼下，得你们自己往上运。"本来我以为，我的话一出口，她就会跟我要搬运费的。我家在三楼，运沙子、扛水泥、搬瓷砖可不是件轻松的活儿。去年，对门铺地砖，光搬运费就花了一百多。没想到，女人痛快地点点头，说："行！"

因为家里铺地砖，我们一家三口暂时住到父母那边。中午下班，我回了一趟家，想看看他们干得怎么样。进门一看，沙子水泥都运了上来，瓷砖也码在一边。男人和女人一身疲倦地坐在地上吃午饭，是从楼下买的馒头和咸菜。女人大概猜到了我的来意，咽下一口馒头对我说："兄弟你放心，下午就能开工，不耽误事的。"

我讪讪笑着，坐在一边，没话找话地说："你们干这行几年了？"

男人不假思索地说："三年。"

女人说："五年。"

俩人说拧了。女人赶忙解释说："我干得早，整整五年了。他是我家小叔，干得晚……"

我呵呵一笑，说："我还以为你们是夫妻呢。"

女人有点不好意思起来，满是汗渍的脸红了一下："哪能呢?"其实，女人很健谈，只是话里带着些乡下口音。后来，她就跟我聊开了。她说她原来是跟自己男人干的，干得顺风顺水，俩人还打算在城里买套房呢。一天，男人背着两箱瓷砖上六楼，一不小心从楼梯上摔下来，腰椎断了，人也瘫了……

说到这里，她的眼泪在眼眶打转转。只是在说到她的女儿时，她的脸上才露出欣慰的笑容。她说她的女儿很懂事，男人出事那年，女儿刚刚考上大学，哭着闹着不肯上这个大学了，是她和小叔硬逼着女儿去的。她还说，小叔人好，跟她出来干，挣的钱都帮她供女儿上学了。说着说着，她的眼泪小溪般"哗哗"往下淌。

她擦了把眼泪，抹在衣襟上，自嘲地笑笑说："瞧我这人，挺没劲的，哭啥呀?"

我趁机说："等你女儿参加工作了，你就不必这么辛苦了。"

她边往起站边说："哪能呢?我得帮我家小叔在村里盖一座小二楼。不然，我不甘心啊……"

下午，单位派我出差，要走好几天。临行前，我特意赶回家，要把工钱给女人结了。她惊讶地挑了挑眉毛说："活儿还没干完，哪能呢?"

我说："反正这钱迟早都要给的。我出差指不定哪天回来，不能让你们老等。你们干完活，只要把门带上就好……我相信你们。"

听我这么说，她不再坚持了，接过钱数了三遍，抽出一张一百的说："兄弟，多了。"

我赶忙说："沙子水泥和瓷砖不是你们运上来的吗?这是搬运费。"她不干，硬是把钱塞给了我。

出差回来，果然人去屋空。活儿干得咋样，我就不累赘了。让我惊喜的是，屋里被打扫得干干净净，没留下一点垃圾。地砖还用拖布拖过，镜子一般，光可鉴人。我都不忍心去踩上一脚。

门上用胶带纸贴了一张小纸条，上面用铅笔头歪歪扭扭写了一串阿拉伯数字。看了半天，我明白了，这是个手机号码，一定是她留给我的。也就是说，我有什么不满意的地方，可以打这个电话。我试了一下，接电话的果然是她。

我小心地把那个号码存进手机里。过几天，大姐家装修房子，我一定把他们介绍过去……

二 月 兰

母亲和大姨闹翻了脸，原因是大姨向母亲借三千块钱，母亲没有借给她。

大姨家在后坝村，离我们村大约五里地的样子。大姨有个宝贝儿子，叫憨憨，也是我的姨哥。憨憨从小就是个半脑子，傻不拉叽的，上不成学，整天在村里撵着猪狗晃来晃去。眼看着奔三十的人了，还没有娶过媳妇儿，大姨心里急。那天，村里的吴三毛领一个贵州女孩找到大姨家，说大姨只要拿出五千块钱，那个贵州女孩就给憨憨当老婆。大姨抖尽了家底儿，只凑了两千，离吴三毛要的数目还差三千块钱。大姨挠着脑门想啊想，就想到了母亲。母亲那时是我们村里的小学老师，工资不多，但我们家的日子要比一般人家殷实得多。于是，大姨便找上门来，报喜的同时，开口向母亲借钱。

憨憨能娶个媳妇，这是天大的好事啊！

母亲趁着休息的时间，随大姨去了后坝村。一见那个贵州女孩，母亲的心哆嗦了一下。那女孩瘦小枯干，头发焦黄，胸脯扁平，看样子还是个没长成的孩子，跟母亲班里的五年级女生差不多。母亲把大姨叫到一边，不无担忧地说，姐，咱憨憨都快三十的人了，人家可还是个孩子呀。这……不合适吧？

大姨想媳妇都快想疯了，母亲的话，她哪里听得进去。大姨一撇嘴说，咋不合适？你姐夫不是也比我大一轮吗？没事，一圆房就合适了！

母亲说，女孩子嫁人是一辈子的事，弄不好，一生的幸福就毁了呀！

大姨没念过书，可母亲话里的意思她听了个明明白白。大姨火了，叫着母亲的小名说，二月兰，你胳膊肘往外拐，你是来拆台的吧！

啊叫拆台？母亲脸一板，针锋相对，我这是就事论事！

大姨气得嘴唇发紫，跳着脚冲母亲喊，论你个头！你巴不得我们家断子绝孙是吧？我就问你一句话，钱你借不借？母亲的犟脾气也上来了，一口回绝，不借！

大姨抖动着手一指屋门，好，好！二月兰你听着，从今往后，我没你这个妹，你也没我这个姐，滚！母亲也不服软，一转身摔门离去。

母亲回到家，好半天顺不过气来，叹着声儿说，她咋这样？她咋听不进人话呢？

父亲知道原委后，数落起母亲的不是，你也真是的，大姐借三千块钱，你给她不就得了，哪那么多废话？

母亲的怒火被父亲再次点燃。

母亲啪地一拍桌子，瞪圆了眼睛说，啥叫废话？我说的是废话吗？我说的句句是真话，句句是实话！我要是借钱给她，那是助纣为虐！

父亲是个农民，不懂得助纣为虐是啥意思，但从母亲愤怒的表情看，一定不是什么好话。父亲对母亲一向言听计从，用父亲的话说，母亲是文化人，听她的话没错。这会儿，父亲只能乖乖闭了嘴巴，扛起锄头下地去了。

大姨并没有因为母亲没有借给钱而放弃给憨憨娶亲的念头，反而憋足了劲儿，非娶那个贵州女孩不可。卖了两头耕牛后，大姨终于凑齐了五千块，交给吴三毛。几天后，便让憨憨和那个贵州女孩圆了房。

憨憨成亲那天，父亲犹犹豫豫地对母亲说，不管咋说，今天是憨憨大喜的日子，你这当姨的也该露个面啊。母亲没好气地说，我露啥面呀？我嫌丢脸！你爱去你去！

从此，母亲和大姨互不登门，没了来往。

转眼半年过去。那天，从后坝村传来消息，大姨家出事了。那个贵州女孩趁着憨憨熟睡之际，扒开后窗户，摸黑逃走了。

听到这个消息，母亲并没有表现出惊讶的神情，似乎这一切都在母亲的预料之中。母亲绷着脸，对着窗台上的那盆二月兰发呆。母亲爱花，这盆二月兰是大姨前年送给母亲的。母亲备课累了困了，常常走到窗台前，给二月兰松松土，洒洒水，得一身的轻松。如今，母亲看着面前这盆碧绿的二月兰，看得泪花闪闪……

学校打响预备铃的时候，母亲叹一声，打起精神往外走。走出几步，母亲想起了什么，转身从柜子里取出一沓钱，交给父亲说，这是三千块，你上午去一趟后坝村，交给大姐吧。

父亲不接钱，一脸狐疑地说，憨憨娶亲时大姐向你借钱，你不肯借，这会儿人都跑了，大姐要钱干什么？

母亲说，憨憨娶亲时，大姐不是把两头牛都卖了吗？庄户人家，没牛地咋种啊？

父亲说，你当初要是把钱借给大姐，她还用卖牛？

当初是当初，现在是现在，这不一样！母亲说完，留下一脸傻呆的父亲，夹着课本走进外面的阳光地里。

知青井

日头正午的时候，何支书赶着那辆破牛车，"吱吱呀呀"进了村。牛车上坐着两个蔫头耷脑的城里知青，一个叫大丁，一个叫小于。

何支书把牛车直接赶进村口的学校里。大家伙知道，我们村的小学里缺老师，何支书宝贝似的把两个知青接来，是给我们当老师呢。

牛车刚停下，会计老罗就领着几个女人跑过来，这个搬铺盖，那个拎脸盆，热情地把大丁和小于让进屋里。屋子虽破旧，但已被几个女人收拾得干干净净，清清爽爽。

颠簸了一个上午，大丁口渴了，就去找水喝。揭开水缸，大丁"呀"地叫了一声，怔在那里。何支书赶忙上前，探头一看，见缸里的水浑浊不堪，水面上还飘着几粒黑枣一样的东西。何支书脸一沉，瞪一眼老罗说："咋不把泉水挑来？"

老罗灰了脸，不敢还嘴，转身跑出去，操起扁担挑水去了。

足足等了大半个时辰，老罗才气喘吁吁挑着两半桶泉水赶回来。何支书对老罗说："从今天起，大丁和小于二位老师的用水就由你来挑，每天挑一担，队里加五个工分给你。你记着，缺啥也不能缺了两位老师的用水！"

从此，大丁和小于就安心地给我们当起了老师。老罗除了忙队里账目上的事，剩下的时间就往学校跑。每天，他都准时把两桶清凌凌的泉水挑到学校里，风雨无阻。

那天，大丁和小于批改完作业已是深夜。大丁忽然觉得浑身的不自在，这才想起，自从来这里当上老师后，还没痛痛快快洗过一回澡呢。一看缸里的水，就剩一个底儿了。大丁便叫上小于，提着空水桶来到外面。可是，两人在村里转了一圈，也没找到一口水井。返回学校的路上，见前面一户人家的窗口还亮着灯光，大丁几步过去拍响了屋门。

开门的竟是老罗。看着大丁和小于提着的空水桶，老罗一愣，说："两位老师，是没水了吗？"小于说："大丁想洗个澡，缸里的水不够，我们到村里去找，没找到水井，见你家亮着灯，就想提点水回去。"

老罗一脸苦相说："两位老师，明天再洗行吗？赶明儿，我多挑半桶回来就是了。"

是要水，不是要你的油哦。这么小气！大丁见水缸就在门边，就着灯光探头一看，顿时傻眼了——缸里的水和他到校那天看到的一样浑浊！

老罗见瞒不住了，照实说道："两位老师，实不相瞒，我们村压根儿就没有水井，只有两口旱井在下洼地。村里人吃水，都要到那里去挑。"

小于说："啥叫旱井啊？"

老罗说："旱井也叫水窖，里面的水是下雨时聚进去的。"

大丁不解地说："那我们用的泉水你是从哪里挑来的？"

老罗："离这儿三里外有一眼山泉，泉眼很细，流量不大，每天只能流两桶水。自从两位老师来了以后，何支书就不让村里人去挑了，说那泉水就是留着给你们用的。"

大丁和小于对望一眼，没再说话，提着空水桶返回学校，此后再没提洗澡的事。

我小学毕业那年，上边有了知青返城的新号召，大丁和小于双双回了城。

忽一日，一打井队驻扎进了我们村，找水源，钻井筒。哐咚，哐咚！两个月后，一口深水井打了出来。我们村终于告别了旱井，用上了井水。

这时，村里人才知道，当年，大丁和小于返城后，一同进了县里的打井队，而且，一个是找水专家，一个是打井队的队长。

可是，村里人还是喜欢称那口深水井叫"知青井"，几十年了，还这么叫着。

十字街D

昌顺路十字街口有个自发的劳务市场。

每天从早到晚，等活儿的男人们聚在这里，多则五六十，少则二三十。雇主一来，男人们"呼啦"围上去，争先恐后，生怕错过机会。而大部分的时间里，这些人三个一群，五个一伙，或聊天，或下棋，或甩扑克，借此消磨时光。人群中，只有二崔另类，独自坐在市场边上的那棵冬青树下，一会儿看看天，一会儿看看过往的车辆和行人。二崔来这个市场快两年了，按理说也是个老资格了，可是，二崔的一条腿受过伤，人长得瘦弱，话语又少，所以显得很不入流，好多不错的活儿轮不到他，他也不争不抢，心甘情愿干一点别人不愿干的活，赚点儿小钱。

日子水一样流淌。

这天一早，一辆大货车从远处轰隆隆而来，车没停稳，前面的男人们便一窝蜂拥了上去。车上装着雪白的卫生纸，一袋一袋码得齐整。大家伙都知道，卸卫生纸这活儿不错，不用下苦力，赚钱还不少，谁都想把这活儿揽到手。

站在最前面的大老黑伸出粗大的手，把几个人扒拉到一边，然后扭脸朝市场边那棵冬青树下看，边看边喊，二崔，你过来！

二崔已半蹲起身，正朝着这边张望。想一想，他已经有三天没揽到活儿了，巴不得司机冲他招手。听到大老黑的叫声，二崔伸了伸脖子却没有动。前边的六子不乐意地冲他喊，你个瘟鸡，聋啦？黑哥叫你呢！

大老黑是市场公认的头儿，黑不溜秋，壮得像铁塔，大家伙都叫他黑哥，好多事情都是他说了算。二崔忙不迭站起身，诚惶诚恐地来到大老黑跟前，不相信地说，黑哥，你叫我？大老黑说，这活儿适合你干，你去吧。二崔还是有点懵，用手一指自己的鼻子，我？大老黑推他一把说，别磨叽了，快上车！直到这时，二崔才明白过来，大老黑是要把卸卫生纸这活儿让给他干。之前，大老黑可是从不多瞧他一眼的。二崔心里一热，有泪在眼眶里转悠。二崔冲着大老黑弯一下腰，转身连滚带爬地上了车。大货车一溜烟驶离了市场。

站在大老黑旁边的三毛左一眼右一眼地盯着大老黑看，看了半天说，黑哥，不对呀，这么抢手的活儿你咋让给了二崔那货，你没弄错吧？嘿嘿，该不是二崔跟你攀上了啥亲戚？

大老黑一摆手，扯淡！我跟二崔八杆子打不着。

号称算破天的四平咧一下嘴，一脸坏笑地说，嘻嘻，黑哥八成是看上二崔的老婆了吧？听说，二崔的老婆长得不赖，很有几分姿色哩……

大老黑一张黑脸更黑了，放你娘的屁！再敢胡咧咧，老子叫你爬着走你信不信？四平吐一下舌头，赶紧闭了嘴巴。

三毛不惧大老黑，不服气地说，黑哥，这也不是，那也不是，你把弟兄们绕糊涂了。这么好的活儿你让给二崔，总得有个原因吧？

大老黑摸出一支烟点燃，狠狠地吸一口，一脸严肃地说，以前我不知道，昨天晚上，我儿子告诉我，说他和二崔的女儿是高中同学……

三毛一撇嘴，就为这？

大老黑接着说，弟兄们都知道，我儿子今年高考。昨天分数下来了，我儿子跟我这个当老子的一样没出息，使出吃奶的劲儿连个二本也没考上。你们知道吗？二崔的女儿考得是啥？北京大学！

啥？北京大学！大老黑的话像一块石头丢进湖里，荡起一圈圈涟漪。人群一下子骚动起来。四平瞪着两眼说，乖乖，北京大学，这么牛！我侄儿连考三年，连个大学的校门都摸不着。三毛翻着眼皮儿说，我的妈呀，北京大学，咱这城里能有几个上得去？

大老黑把烟头一丢，拍拍手，看着众人很庄重地说，二崔的女儿考上北京大学，不光是他的荣耀，也是咱大家伙的荣耀，谁叫咱们是一个战壕里的战友呢！从今天起，弟兄们让着点二崔，咱不为别的，就为他那考上北京大学的女儿……

城里媳妇

村里的德叔死了，大良带着城里的媳妇赶回来给他爹奔丧。

大良和媳妇进门的时候，院子里已经搭起了的灵棚，爹的棺材就停放在里面。大良一个趔趄，喊一声爹，一头扑到棺材上，痛哭流涕，惹得院里院外的人都跟着红了眼圈儿。

接下来，人们都很想见识一下城里媳妇是怎样的表现。没想到，城里媳妇半蹲半跪在灵棚前，没哭一声，也没掉一滴泪，呆板着一张脸，看面前瓦盆里的纸钱一张张燃成灰烬，又起起落落，她的眉头紧了又紧。

住在隔壁的麻二婶看不过去，对城里媳妇说，闺女呀，德叔好歹也是你公爹，亲不亲的咱不说，掩人耳目你也该哭几声吧？

城里媳妇扭过脸，答非所问地说，我公爹得癌症三年了，痛得生不如死，瘦得皮包骨头。他活一天，就受一天的罪呢。如今，他走了，也是一种解脱呀……

得癌症死了就不该哭几声？放你娘的屁！麻二婶在心里狠狠地骂着，一甩脸，扭身走开。

主持丧事的麻五爷拉起大良，喊来披麻戴孝的二良和妹妹玲儿，抬脸瞅瞅头顶的日头说，这天，热得邪乎，你们的爹后天得下葬。你们兄妹商量一下，看订几班鼓匠好。

大良掏出纸巾，擦去眼角的泪，边穿孝衣边说，村里一般人家订几班？麻五爷说，有三班的，也有订四班的。你在村里人的眼里可是个有头有脸的人，订几班你自个掂量吧。大良想都没想说，那就订四班吧。

这时，城里媳妇猫似的凑过来，把手袋遮在头顶上问麻五爷，订一班要多少钱？麻五爷说，一班八百，加上烟酒，没一千下不来。订四班要四千块。

城里媳妇挑着描了的眉，咧一下涂了口红的嘴说，四千块？这不是拿着钱打水漂儿吗？依我说，咱就订一班，有个响动，有个气氛就行了，干嘛呀？

麻五爷火了，鼓起一双眼想骂人，看看大良，喉咙里咕噜了好一阵，硬是把话憋了回去。

旁边几个女人忍不住相互撇起了嘴巴。这个说，城里的媳妇真抠门儿，泪舍不得掉一滴，钱也舍不得出一分，没见过这样的铁公鸡。那个说，听说大良在城里还是个科长呢，咋娶了这么个货？我呸！

胳膊拗不过大腿。最终，城里媳妇的意见被否定，鼓匠请来了四班。为这事，城里媳妇老大的不痛快，耷拉着一张脸，见谁都不说话。不过，大家觉得这样也好，反正从一进门到现在，她就是个不受欢迎的人。

德叔的丧事该咋办咋办，按计划一步步地进行。

第三天，给德叔下葬回来，麻五爷把大良兄妹叫到屋里，商量他们老娘的养老问题。二良抢先说，哥，妹，你们都别争，我和媳妇商量好了，就让娘跟我们过。你们放心，我们吃肉，绝不会给娘喝汤！玲儿不答应，玲儿说，都说闺女是娘的贴身小棉袄，就让我当一回小棉袄，行吗？

事情在向好的方向发展，这是大家都希望看到的。这时，两天没开口讲过一句话的城里媳妇开了口。她看看麻五爷，再看看二良和玲儿说，你们谁也别争，依我看，咱娘还是一个人过得好……

大家一齐吃惊地瞪大了眼睛。憋了好久的大良终于憋不住了，"噌"地站起来，"啪"地一拍桌子说，闭上你的乌鸦嘴！

城里媳妇没恼，笑眯眯地说，哟，长能耐啦？我的话还没说完呢，你急什么急？你想想，咱娘身子骨硬朗，手脚还利索，干嘛过这种寄人篱下的日子呀？我这么说，不是说二良和玲儿不孝顺。这人一旦上了岁数，图的是什么？不就是个清静吗？

麻五爷有点犯傻，摇了摇脑袋，第一次拿正眼看着城里媳妇说，那你说说，你娘的养老费该谁出？

城里媳妇说，这个就不用您操心啦。我早就想好了，我和大良是家里的老大，又在城里上班，条件比弟妹们都好，娘的养老费就由我和大良出，每年两千，一人一半。

说完，城里媳妇拉开手袋，取出一沓钱，交给盘腿坐在炕头的婆婆，说，娘，这是大儿媳的一千块，您先拿着，该怎么花就怎么花，别心疼钱……

所有的人都愣在那里，不解地看着这个谜一样的城里媳妇。

城里媳妇回头对大良说，你还愣着干嘛？该你啦，掏钱吧！

浪漫一回

年说来就来了，工地上终于放了假。小六子像匹脱了缰绳的野马，扛起铺盖卷撒着欢儿就往车站跑。检完票，上了车，小六子长出一口气，扑扑乱跳的心才平静下来。打工一年了，谁不急着回家啊？说不想家，不想媳妇，全是假话。

小六子知道，火车到达家乡的镇上是下午四点，回家的班车是赶不上了，只能在镇上找个旅馆将就一夜，明天一早搭班车，中午就可到家了。

其实，小六子在心里已经想过几百遍了，等到了镇上，先把自己好好收拾一下，洗个澡，理个发，干干净净地回家。然后，再给媳妇金凤买件羽绒服。对了，就买城里女孩喜欢穿的那种大红颜色的羽绒服，穿在身上像团火！金凤今年才二十四，正是穿红戴绿的好年龄呢。

火车启动不久，小六子的手机突然响了起来。掏出来一看，小六子笑了，忙把手机捂在耳朵上，就听到媳妇大着声说，六子，快过年了，咱村里外出打工的人回来的差不多了，你咋还不回来呀？

小六子本想告诉媳妇，说我在火车上，明天就到。可话到嘴边却拐了个弯儿，小六子故意拉长声说，哎呀媳妇，对不住，这个年我怕是不能陪你一块过了，老板留我看工地，给双倍的工钱哩。

媳妇咯咯笑着说，你就骗人吧，你明明在火车上，我都听到火车的"哐当"声了。小六子赶忙捂住手机说，哪里呀？你听错了，不是火车的"哐当"声，是工地上的搅拌机在"哐当"哩。好了，我正忙呢，等过了正月十五，我就请假回去。说完，小六子把手机举到面前，撅起嘴，狠狠地"啵"了一口，就听到媳妇在电话那头说，没羞，也不怕人看见！

挂了电话，小六子一脸的得意。嘿嘿，这才叫有创意呢，谁说民工不懂浪漫！

坐在旁边的一个四十来岁的女人奇怪地打量着小六子。显然，刚才小六子和媳妇的对话她都听到了。女人说，兄弟，你是在城里打工回家过年的吧？问你句话，你可别恼。小六子说，大姐你问吧。女人说，如果我没猜错的话，你刚才是跟媳妇说瞎话了吧？小六子呵呵一笑说，咱这不是也想浪漫一回，给媳妇个惊喜吗？女人说，你媳妇爱认死理吗？小六子一听这话，不高兴了，在他们老家，认死理和猪脑壳是一个意思。小六子说，我媳妇才不认死理呢！女人自嘲地笑笑，那就好，兄弟别介意，就当我没说。

说了就说了呗，多大点事？小六子才不会介意呢。工地上，工友们聚在一块，啥话不敢说。

下午四点，火车准时到达小镇。天空灰蒙蒙的，小六子的心里却是一片艳阳天。洗了澡，理了发，然后找个小旅馆，小六子把铺盖卷一放，直奔镇上最大的服装城。

服装城里人山人海，也难怪，要过年了，谁家不添件新衣？左挑右选，小六子相中了一件，一问价，三百块。看看也没还价的余地，小六子爽快地买下那件大红的羽绒服。这可是给媳妇买的呢，花再多的钱，也值！

第二天到家时，天空飘起了零零星星的雪花。小六子的家在村头，紧傍着公路。小六子下了车，几步走到自家院门口。离家一年了，眼前还是走时的样子。小六子去推门，门上却落着把锁。咦？金凤呢？

小六子看看四周，不见人影，就走进隔壁的嫂子家。嫂子正在剪窗花，看见小六子进来，先是一愣，吃惊地说，六子，你咋回来了？你不是说要看工地的吗？

小六子挠挠头，嘿嘿一笑说，嫂子，我这不是想给金凤个惊喜吗？咱也浪漫一回。

一听这话，嫂子火了，瞪着铃铛一样的眼睛说，浪漫你个头！你这不是存心坑金凤吗？小六子吓了一跳，嫂子，出啥事了？嫂子一扔剪刀说，金凤听说你不回来过年了，像掉了魂儿似的，今天一大早就宰了两只鸡，三只鹅，掂着到城里陪你过年去了……

小六子一下子傻了眼。

嫂子说，你愣着干啥，还不快走？去镇上的班车还有最后一趟，赶得巧，或许还能撵上金凤……

小六子扔下铺盖卷，转身跑出门去。外面，雪花已大片大片地落下来。笨蛋！傻瓜！猪脑壳！小六子一嘟噜一嘟噜地骂着媳妇，却骂出一脸的幸福来。

喝 酒

夜深了，工地附近的那家小酒馆里，依然灯火通明。

四个民工围在一张桌子前，吆五喝六，推杯换盏，喝得意犹未尽。酒馆老板打个大大的哈欠，看一眼窗外浓重的夜色，好心提醒说："你们看，时候不早了，哥儿几个明天不是还上工的吗？就早点回去休息吧。"

领头的大贵涨红着脸，歉意地一笑说："我们好不容易聚一块，再聊一会儿就走。"说完，大贵倒满一杯酒，一仰脖，"咕咚"灌了下去。

旁边的兔子给大贵斟满酒杯说："哥，你约我们出来喝酒，到底有啥事啊？"

大贵看一眼兔子，又瞅瞅坐在对面的二宝和根子说："明天就是腊八，转眼就到年根儿了。你们说，从咱们离开村庄到现在，有几年没回家了？"

兔子嘴快，说："三年了，不对，是三年零七个月。我走时，我儿子才五个月大，还不会喊我一声爸爸哩。一晃，他都满四岁了，想必都会打酱油了吧？"说完这话，兔子的两眼真的成了兔子眼。

二宝和根子相互瞅一眼，各怀心事地低下了头。

大贵说："昨天晚上，我给媳妇打了个电话，本想告诉她工地活忙，今年又不能回家过年了。可电话刚打通，就听到我女儿问我媳妇说，我爸爸咋还不回来啊？你们猜，我媳妇怎么说？"

兔子不吱声，二宝和根子摇摇头。大贵捏着酒杯，咬着牙狠狠地说："我媳妇说，你爸爸死啦！"

三个人傻了眼，一时不知道说什么好。大贵突然趴在桌子上，孩子似的"呜呜"哭出声来。

兔子赶忙离开座位，抬手拍着大贵抖动的肩头说："哥，别难过。谁不知道你跟嫂子好？嫂子一定是生你的气了……换我是女人，也会这么说的。二宝根子你们说是不是？"

　　二宝和根子随声附和道："就是就是，兔子说得对，嫂子肯定是生你气了……气话嘛，哥你别当真。"

　　大贵不哭了，呆呆地看着窗外，像个傻子。兔子赔着小心说："哥你没事吧？"

　　"我想好了，今年咱们一定回家过年！"大贵一掌拍在桌子上。

　　二宝和根子吓了一跳，愣愣地看着大贵，好半天才说："哥你说得对，咱们一定回家过年……钱算老几？就算工头给咱三倍的工钱，就算工头跪下来给咱们磕头，咱们也要回家！"

　　兔子也说："对，回家……咱们明天就回！"

　　四只大手"啪"地击在一起："明天，明天就回！"

　　夜更深了。四个民工出了小酒馆，晃晃荡荡朝漆黑的工棚走去……
……

　　第二天，太阳照常升起，工地照常开工，四个民工的身影也照常出现在工地上。大贵拎他的瓦刀，兔子掂他的灰桶，二宝和根子呢？抬沙和水泥，忙得不亦乐乎……

老五的好日子

老五胡子拉碴地走进街角那家小餐馆，要了半斤散装酒，点了一盘花生米，然后找个僻静的地方坐下，自斟自饮起来。

老五以前滴酒不沾，自从媳妇银凤的诊断结果出来，老五感觉他的天塌了，地陷了，酒是个好东西，一醉解千愁啊。不过，老五今天来餐馆，还有另外一件事要办，他约了一个人，商量卖房子的事。

提起房子，老五可真是百感交集。老五和媳妇进城十年了，酸甜苦辣尝了个遍。老五搞装修，银凤在一家饭馆端盘子，一路下来，磕磕绊绊，总算在城里买了房，有了个落脚的地方。没想到，日子刚刚有了点起色，一向坚强能干的银凤倒了下去，到医院一检查，竟是尿毒症！

医生说，要救银凤的命，只有换肾。

老五回到家，薅着头发想了一天一夜，也只有卖房救媳妇这一条路可走了。

几杯酒下肚，老五已有了几分醉意。掏出手机，拨了一个号，老五说："三林啊，买房的人啥时能到？"叫三林的人在电话里说："五哥，买房的人在外地，正坐火车往回赶呢。明天一早我带他上你家去看房。"老五想了想，又说："兄弟，你这会忙吗？不忙就过来陪哥喝两杯，哥心里堵得慌。"三林说："我赶活儿走不开。五哥，不是我说你，你就少修你那张嘴吧，嫂子还等着用钱呢。"老五捏着酒杯，呆呆地说："知道，知道。"三林又说："五哥，嫂子啥时手术通知我一声，咱没多有少，凑一个是一个。"老五的眼里一下子闪出泪花，说："谢谢你，兄弟！"

挂了电话，老五盯着面前满满一杯酒，迟迟不肯端起。

这时，门帘一挑，跑进来一个七八岁的小女孩。小女孩两眼滴溜溜一转，落在老五身上，气喘吁吁跑过去说："爸，别喝啦，快回家吧。"

老五迷瞪着一双眼："月月，有事吗？"

"咱家来人啦！"

老五一愣："谁呀？"

月月咽口唾沫说："到家你就知道了。"

老五站起来，端起酒杯，一仰头，喝干杯中酒，拉起月月的手出了餐馆的门。

回到小区，刚上二楼，老五就听到从自家传来的说话声。老五紧走几步，跨进门去，一下子呆在那里。屋里，男男女女六七个，老五看清了，有乡下的大哥、二哥和四哥，还有银凤的两个姐姐和一个妹妹。老五迟迟疑疑地说："你们……都来啦？"

大哥说："老五啊，咱爹娘走得早，长兄为父哩。出了这么大的事，你也不告诉我一声，真不知道你是咋想的？"

其实，老五不是没想过。老五明白，乡下的哥哥、姐妹们都是土里刨食的主儿，日子一家比一家紧巴，告诉他们，帮不了什么忙，只能给他们添堵。

银凤的大姐说："是啊，要不是月月一家一家给我们打电话，我们上哪儿去知道？"

大哥弯腰从地上的蛇皮口袋里掏出一个布包，一层层展开，竟是厚厚的一沓钱。大哥说："这是两万块，哥全带来了。"

老五一把按住大哥的手说："哥，侄儿下个月要娶媳妇，这钱你还是拿回去吧。"

大哥火了，瞪着两眼说："屁话！是娶媳妇要紧，还是救命要紧？老五啊，你在城里十来年，就学会了这些？"

老五不敢吭声了。

接下来，二哥、四哥每人三万放在了大哥的钱上。二哥说："我这几年养鱼收入也不错，先拿来这些。不够的话，我回去起塘卖鱼。"四哥也说："咱村要通高速公路，我河西那块地正好在路上，刚刚拿了三万块补偿。"

"有钱出钱，有力出力，这才是一家人呢。"银凤的大姐插嘴说，"听说亲姐妹捐肾成功的把握大，我们姐儿仨已经商量好了，谁合适，谁就捐。"

老五鼻子一酸，眼泪哗哗淌下来。大哥一把握住老五的手，使劲摇了摇说："老五，别哭，众人拾柴火焰高，没有迈不过去的门槛。时候不早了，咱们还是去医院吧。"

银凤的二姐和四妹已经帮银凤洗了脸，梳了头，换上一套干净的衣服。七八个人前脚跟后脚地出了门。

正是深秋。

老五抬头看看天，天空是那么的蓝，太阳是那么的暖。

今天，才是老五的好日子。

春　莲

　　大清早，顺子领着 11 个弟兄堵在了有良家漆黑的大门口。

　　有良是个包工头，几天前出车祸死了，昨天刚刚出了丧。院里院外，到处弥漫着一股阴森森的气息。

　　顺子冲三皮递个眼色。三皮领会，几步跑过去，趴在门口顺着门缝往里瞅，边瞅边说："人在屋里，春莲正在梳头呢。哟，院里还停着辆摩托车，看样子是春莲的娘家兄弟来接她回娘家的。"

　　顺子一拍巴掌说："我们来的正是时候，再晚来一步，春莲回了娘家，事情就不好办了。"

　　院门"吱呀"一声开了，春莲站在门口。一抬头，看见面前的十几个人，春莲一愣，说："你们……有事吗？"

　　顺子说："春莲嫂子，我们弟兄跟随有良多年，前些年有良都把工钱给我们结了，今年眼看着又要过去，偏偏有良出了事儿。我们……是来讨工钱的。"

　　这时，春莲的娘家兄弟小军骑着摩托车来到门口。小军停下车，两脚点着地，斜眼看着顺子说："讨工钱得找对人呀，谁欠你们的钱，你们找谁去呀！"

　　三皮火了，瞪着两眼说："屁话！冤有头债有主，你姐夫死了，你姐不还在吗？我们不找你姐找谁去？"

　　小军梗着脖子说："你们跟我姐打工啦？没有吧？你们跟的是有良，明白吗？"

　　"胡说八道个啥？这里没你的事，一边去！"春莲瞪一眼小军，回头对着众人说，"大伙别急，有话慢慢说。有良是我男人，他欠了大伙的钱，也就是我欠了你们的钱，一样的。你们找我要钱，找对了人。只是得给我点时间。有良刚走，我还没来得及收拾。有良在世时，往家里存了不少钱，钱不是问题。这样吧，你们先回去，做个工资表，明天派个人给我送来。后天的这个时候，你们来拿钱，好不好？"

三皮扯着嗓门说："你要是去了娘家不回来，我们找谁要去？"

春莲回头一指院子说："跑了和尚跑不了庙。你们都看见了，这个院子，这座小楼，还有楼里的家具，值你们的工钱吧？我要是不回来，这些东西随你们处置，可以了吧？"

大伙抻着脖子，看了看春莲，又看了看气派的院落，相互递一个眼神，骑车走了。

小军不满地说："姐，你真傻。人死债灭，自古如此。你干啥要揽这事？退一步讲，就算揽，也不能由着他们来，谁能保证他们不会狮子大开口呀？"

春莲笑笑说："不会的。这十几个人跟随你姐夫多年，也是患难的弟兄，料他们也不会昧着良心的。"

小军一撇嘴："嘁，难说，人心隔肚皮哩。"

"大开口就大开口吧，反正就这一锤子买卖了。"春莲说，"姐今天走不成了，你先回吧。等忙完了这事，你再来接姐。"

"姐，这帮人要是胡来，你打电话给我。"小军说完，骑着摩托车走了。

春莲回到家里，打开箱子和柜子，把存在各个地方的钱归拢起来，一笔笔算过，整整十一万。春莲长叹一口气，一抬头，目光碰到对面有良的相片上。春莲哆嗦着手，指尖落在有良冰冷的脸上，泪水再一次蒙上她的双眼："有良，我没让你背着黑锅走啊！"

第三天，12个人再次来到有良家。春莲把大伙让进屋里，给每人倒了一杯水。春莲取出工资表和钱袋，开始按照工资表上的人名和数目发钱。

所有的钱发完了。春莲拿起工资表，一撕两半，看着众人说："感谢大伙跟随有良这么多年，没有你们，也没有有良这个包工头！钱你们都拿到了，我只能做到这一步。大伙另找出路，该干啥干啥去吧。"

12 个人谁也没动。顺子站起来，眼圈红红地说："春莲嫂子，从这件事来看，你不是一般的女人，我们服你。如果不嫌弃，你就领我们一起干吧。有良的包工队还在！"

其余 11 个人齐刷刷站起来说："对，我们服你，你就领我们干吧。有良的包工队还在！"

春莲呆了，她真的没想到会是这样的结果……

# 麦子进城

三贵终于点了头，答应带麦子一块进城去打工。不过，三贵有个条件，那就是每年的秋天，麦子必须回村，捎带把三贵北坡上那二亩玉米棒子也给掰了。

过完元宵，三贵便带着麦子进了城。

很少走出大山的麦子，走在城里的大街上，感觉哪儿都新鲜，东瞅瞅，西望望，心里还一个劲儿地嘀咕，城里真好，街道这么宽，楼房这么高……

前面街角处，围了一大群人。看样子又出车祸了。麦子要过去看看，三贵瞪他一眼，没好气地说："城里每天都有这事，跟吃饭睡觉一样平常，有你好看的？"

麦子不听，把铺盖卷往三贵怀里一塞，几步便跑了过去。拨开人群一看，果然是车祸。一个老头被车撞了，伤得不重，只是连惊带吓，老头躺在地上起不来。围观的人有的在小声议论，也有几个人正举着手机打电话。麦子看看四周，目光落在马路对面那个大大的红十字上。麦子知道，红十字就是医院，乡卫生院里就有。麦子挤进去，弯腰抱起老头就跑，围观的人自觉地闪出一条道来。

看着麦子跑去的方向，有人明白过来，冲着麦子的背影大声叫："那是妇科医院，快回来！"也有人嗤嗤讪笑："哈，真是个瞎货！"

这个过程，前后不到两分钟时间。等三贵回过神来，去喊麦子时，已经晚了。三贵把两个铺盖卷一扔，气得连踹几脚。

麦子抱着老头跑进医院，差点和一个女人撞个满怀。女人正是医院的院长，开完会刚从二楼下来。一看麦子抱着的老头，女院长一愣，紧

张地盯着麦子说："我爸……被车撞了？"

麦子点点头。

送老头上了后面的急救车，麦子是要返回去找三贵的。可是老头的两只手紧紧抓着麦子不松开。女院长说："这位兄弟，你干脆送我爸去一趟市医院吧，到了那里，我让司机开车送你回来，好不好？"

很快到了市医院，众人七手八脚掰开老头的手，抬他进了急诊室。麦子要走，女院长说："谢谢你，小兄弟！你是在这个城里打工的吧？在哪个工地干活呀？我让司机直接送你回工地。"

麦子说："我还没找到活儿哩，刚跟三贵哥进了城，就碰上了这事。"

女院长想了一下说："我看过了，我爸伤得不重，估计住几天院就好。要不这样，你要是愿意，就留下来吧。等我爸伤好后，你每天陪他逛逛街，说说话。管吃管住，每个月给你一千五，你看行吗？"

这可是天上掉馅饼的事。麦子不相信地看着女院长说："大姐，你不是开玩笑吧？"

女院长说："我开玩笑干吗？兄弟，我看你是个实诚人，靠得住，我才留你。不瞒你说，我爸得老年痴呆症三年了，常常一个人溜到大街上，很危险的。我工作忙，没时间照顾。以前，我也给他请过几个保姆，可干不了几天，那些女孩子都走了。我正打算找个男的，今天你送上门来，也算是咱们有缘啊。"

麦子高兴归高兴，可他没忘了三贵，便对女院长说："三贵哥找不到我，不知急成啥样了，我得告诉他一声才是。"

女院长说："你有他的电话号码吧？我打他电话，你跟他说一声不就行了？"

麦子从口袋里掏出一张小纸片，交给女院长。对着号码拨过去，电话通了。女院长把手机交给麦子，就听到三贵在电话里大声说："你谁呀？"

麦子说："我是麦子呀，三哥。"

三贵说："你他妈死哪里去了？还不快点滚回来！"

麦子说："三哥，你别生气。告诉你个好消息，我找到活儿啦！"

"啥？啥活儿？"

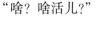

91

麦子说："三哥,我刚才救的那老头,正是对面医院女院长的爸。她让我留下来,说等老头伤好后,陪他逛逛街,说说话,管吃管住,每个月给我一千五。"

电话那头,三贵哧哧笑着说:"你做梦娶媳妇吧?有这好事?当心人家卖了你!"

麦子说:"不会的。女院长就在我旁边。不信,你问问。"

好一会儿,三贵换了腔调说:"麦子兄弟啊,留心点,再有这活儿,帮三哥介绍介绍。对了,你家里那二亩玉米棒子,哥替你掰……"

井

瓦请人在自家院里打了一口井，还安了辘轳。这样，瓦就再也不用到离村一里地的老龙潭去挑水了。井水凉凉的，甜甜的，村里人都说好。有了这口井，瓦甚至不顾媳妇月亮的反对，还把自家的西院墙扒了个豁口，让邻居耳环也上他家院里去挑水。

耳环是个寡妇，三年前死了男人，带着一个六岁的女儿过日子。吃的不用说，光挑水就让她吃尽了苦头。夏天一身汗，冬天一身冰。自从有了这个豁口，隔三差五，耳环就上瓦家院里来挑水。辘轳吱吱扭扭，扁担颤颤悠悠。挑着水的耳环，那个细腰呀，也似风摆杨柳。

有时，耳环来挑水，赶巧瓦在家，瓦一准会丢下手头的活计，跑过去搭把手，甚至不顾耳环的阻拦，操起扁担，挑起水桶就迈过了豁口。

屋里的月亮看见了，那张脸比瓦扒的豁口还难看。这时，月亮总会咬着牙，指鸡骂狗地说："呸，饿死鬼，抢，抢。一个不知羞，一个不要脸！"

秋去冬来，瓦进城去开三干会。

瓦是村里的支书，每年的这个时候，瓦都要进城开会五六天。

瓦走的那天晚上，漫天大雪落了整整一夜。

村里村外，白茫茫一片。山里的狐狸找不到东西吃，蹚着雪摸黑蹿进村子里，叼走了瓦家鸡窝里的一只大母鸡。

月亮心疼得掉泪。从留在雪地上的爪子印看，月亮断定是瓦扒的那个豁口惹得祸。因为狐狸是从那个豁口钻进来，又从那个豁口溜走的。月亮咒过几遍狐狸，脸上忽然露出笑容来。其实，月亮老早就想堵上那个豁口了，只是找不到借口，狐狸的作恶成全了月亮，给她堵上豁口提供了恰当的理由。于是,月亮不顾天寒地冻,搬砖和泥,吭哧吭哧,不消半日,那个豁口终于被她给堵上了。

月亮拍拍身上的泥,揉揉冻红的手,对着歪歪扭扭的豁口狠狠地吐口唾沫说:"呸,狐狸精,有本事你再过来呀!"

几天后,瓦回来。一进院门,瓦就看到了被月亮堵上的豁口。

不等瓦开口,月亮抢先说:"都怪你,好端端的院墙,扒的啥豁口,让狐狸钻进来,叼走咱一只大母鸡。害得我堵了老半天。"

瓦点一锅旱烟,吧嗒几口说:"你呀,小心眼儿。你哪里堵的是狐狸,是堵耳环吧?"

瓦的话揭了月亮心里的疤。月亮的脸白了又红:"你嫌丢得不够呀?要不,我再把豁口给扒开?反正,咱鸡窝里还有几只鸡。"

瓦摆摆手,呵呵一笑:"那倒不用,你堵得好啊!"

月亮愣愣地瞅着瓦。

瓦说:"这次三干会上,我认识了后沟村的支书砖。砖和我年纪差不多,几年前死了老婆,想续个弦就是没合适的,我就给他介绍了咱的邻居耳环。没想到,砖和耳环还是小学同学呢。砖明个上午就来相亲,估计用不了几天,耳环就该嫁到后沟村去了。嘿嘿,咱家院墙上的那个豁口,你不堵,我也得堵呀,你说是不是?"

月亮低了头,一脸的愧疚。

 # 老 道 口

开完县里的护秋动员大会，罗支书紧赶慢赶，等回到老道口时，已是月上柳梢头了。

老道口在村子北边，离村二里地，是进村的必经之路。道口两边，是三队大片的玉米地，那可是一眼望不到头的青纱帐啊。今年雨水好，玉米已经灌浆，颗粒饱满，再过个把月，就该掰棒子开镰了。

月光如水，四野寂静。想着这些，罗支书的耳边突然传来"咔嚓"一声响，是玉米棒子离开玉米秆的脆响。罗支书一个激灵，扭头一看，见前面不远处的几棵玉米在月光下东摇西摆。有人偷玉米！

罗支书一步跨上田埂，冲着玉米喊："谁在玉米地里？出来！"

罗支书知道，去年收成不好，家家户户口粮接不上，如今，玉米棒子能煮着吃了，有人惦记也在情理之中。罗支书的本意，是想吓唬吓唬偷玉米的人，知趣的就该乖乖从地头那边溜走。可是，罗支书的话刚落音儿，只见从玉米地里晃晃悠悠站起来一个人，是个大个子，高出玉米好大一截。紧接着，随着玉米叶子"哗啦啦"一阵响，大个子男人弯腰低头来到罗支书面前，手里还拎着装了几个玉米棒子的破口袋。

罗支书仔细看看，皱着眉头说："你是七大个？三队的？说，为啥偷玉米？"

七大个把破口袋小心翼翼搁到罗支书脚边，嘟嘟囔囔地说："没吃的，两顿没揭锅了，饿得慌……"

罗支书又说："偷了几个棒子？"

七大个弯腰打开布袋，一个一个扒拉一遍，说："就五个……哦，俺

还吃了一个，是六个。"

眼前的这个七大个，罗支书早有耳闻，也见过几面。七大个个头大，饭量也大。听三队队长讲，别的人家口粮不够，加点糠，加点菜也能挨下来，只有这个七大个，一年的口粮吃不了半年就缸清瓮空，全靠亲戚朋友周济，所以人送外号"斗米斗面"。当然，说七大个吃斗米斗面有点夸张，但他一顿吃下十二个玉米面窝头，罗支书却是亲眼见过的。

罗支书背着手，在七大个面前转一圈，又转一圈。七大个的心，也随着一紧，又一紧。那年月，偷集体的庄稼是大忌，挨批挨斗不说，弄不好还要送到县里的劳改队，一年的口粮也许就泡汤了。

罗支书站下，冲着七大个摆摆手说："走吧，走吧。"

七大个不相信地看着罗支书，没挪窝。罗支书抬腿踢了踢地上的破口袋说："背回去吧……饿肚子的滋味不好受。"

月光下，七大个的眼里一下子涌出泪花。

第二天一早，罗支书把三队队长叫到大队办公室。罗支书说："你队里的七大个，干活咋样？偷不偷懒？"

队长说："不偷懒，从不偷懒。七大个老实呀，有多大劲就使多大劲。开春吧，队里修防洪大坝，别的社员俩人抬一筐土，七大个一人挑两筐土，从没怨言。"

罗支书又问："那你队里的男劳力工分咋挣？"

那年头，工分就是口粮。挣的工分多，分的口粮也多。

队长说："男劳力一天十分。多少年了，都这样。"

罗支书说："七大个一人出几个人的力，挣一个劳力的工分有点亏。这样吧，从今天开始，你给他加五分，就挣十五分吧，相信别的社员也没啥意见。"

队长为难地说："十五分？罗支书，咱队没这个先例呀！"

罗支书说："啥先例不先例的，咱就把这个先例给破了！"队长还想说什么，罗支书摆一下手说："就这么定了，你该干啥干啥去吧！"

下午，三队队长在老道口拦下挑着粪筐的七大个。

队长挠挠头，吭哧半天说："老七，问你个事。"

七大个一愣："啥事？"

队长瞅瞅四周，一脸神秘地说："你说说，罗支书……跟你是啥亲戚啊？"

七大个一怔，低了头，正了正扁担，从队长的身边一闪而过。走出几步，七大个站下，回头撂下一句："罗支书呀……他是俺亲爹哩！"

队长蒙了，摸着后脑勺，好半天没回过神儿来。

老道口，有暖暖的风轻轻刮过。

吃派饭

靠山屯是个小山村，也是个穷村子。

隔一年两年，或三年五载，就有驻村干部进村来。村部有空房，没食堂，管住不管吃，驻村干部就只能吃派饭。

从村东到村西，三十几户人家，但也不是家家都吃。名声不太好的，不吃；光棍人家，不吃。所以，驻村干部到谁家，谁家就挺有面子。

往往是，轮到吃派饭的这户人家，必定是村里起得最早的。男人扫干净院子，再泼一层水；女人烧火做饭，做最好的。屋顶炊烟袅袅娜娜，直了歪了；屋里风箱紧拉慢扯，啪啪嗒嗒。平时泥猴般的孩子，也焕然一新，安静地坐在一边，看书或者写字。就连院里的鸡呀狗呀，也躲在窝里不出来，生怕破坏了这份恬静和美好。

这天，驻村郭干部吃派饭吃到金秀家。金秀是个寡妇，拉扯着儿子过日子。按理说，寡妇人家的，驻村干部是不愿登门的。可郭干部说了，村里谁家都可以不去，金秀家不能不去。为这个一日三餐的派饭，金秀提前十来天就准备上了。这里所说的准备，也就是攒下八个鸡蛋而已。玉米稀饭端上炕，金秀在灶房里忙着炒鸡蛋。噼里啪啦一阵翻炒，鸡蛋装了盘，金秀就招呼狗儿给郭干部端过去。六岁的狗儿好久没闻过炒鸡蛋的香味了，那个馋啊，口水就顺着嘴角淌出来。

眼神儿不太好的郭干部，这会儿眼特尖，一眼就瞥见狗儿的口水掉进了鸡蛋里。郭干部是城里人，有洁癖，掉进口水的鸡蛋打死她也咽不下去。郭干部就舀了一碗稀饭，稀溜稀溜喝起来，偶尔，夹一筷酸菜送进嘴里，细嚼慢咽。那盘炒鸡蛋，她下不去筷子。

金秀忙完灶房里的事儿过来，一抬腿屁股搁在炕沿上，一边舀饭一边让着郭干部："咋不吃鸡蛋？郭干部你吃呀！"

说着话，筷子伸进鸡蛋盘里，搛了大大一筷子，丢进对面郭干部的稀饭里。

郭干部傻了眼。夹出去吧，不合适；不夹，咽不下去。郭干部就用筷头慢慢地搅，心里想，也许，这筷子鸡蛋没掉进狗儿的口水吧？这么想着，郭干部就把鸡蛋扒拉进嘴里，刚嚼几下，胃里一阵翻滚，要吐。郭干部掩着嘴跳下地，趿拉着鞋跑出门去，对着墙角儿吐起来。

吐完，郭干部掏出手绢擦擦嘴，回头对一脸慌张的金秀说："大姐，我走了啊。"

金秀越想越不对劲，就问狗儿："你往鸡蛋里掉鼻涕了？"

狗儿正大口大口吃着鸡蛋，吃得满嘴生香。狗儿老老实实地说："娘，不是鼻涕，是口水……"

金秀那个气啊，一把夺下狗儿的饭碗，抢起笤帚疙瘩劈头盖脑就打，边打边哭："叫你馋，我叫你馋！"

狗儿东躲西躲，却躲不过金秀的笤帚疙瘩，杀猪般哇哇大哭。

还没走远的郭干部站下，侧耳听听，摇摇头，折转回来，拦下金秀说："好端端的，打孩子干啥？"

金秀抹把眼泪说："他把口水掉鸡蛋里，害得你吐了半天。该死的，我能饶他？"

"没有呀，我没看见。"郭干部说。狗儿眼泪汪汪地看着郭干部。郭干部又说："是我这几天胃里难受，老想吐，不关狗儿的事……"

金秀没吱声。

郭干部扭脸望向窗外，看着远处大片大片的红高粱说："再过个把月，高粱就收了。大姐，我再到你家吃派饭，你给我蒸高粱面鱼鱼吃，好不好？"

金秀一脸的欢喜："一定一定。"

日子如风，贴着地皮儿溜。一晃，高粱收了。金秀掰着指头数日子，终于等到郭干部来她家吃派饭。她早早磨了红高粱，早早做好高粱面鱼鱼。可是，左等右等，日上三竿了，也不见郭干部进门来。

金秀就去了村部。队长却告诉她，说郭干部驻村结束了，昨天下午搭车回城了。

金秀很失望，不甘心地问："她啥时再来啊？"

队长说："谁知道呢？也许不来了。"

往回走的路上，金秀的眼泪没来由地掉下来……

中　秋

　　鸡叫过三遍的时候，嘎子妈就在西屋忙活开了。扫了屋顶，扫了地；擦了窗台，又擦了玻璃。然后，抱一捆玉米秆，把一盘小炕烧得滚烫滚烫。

　　明儿个是中秋，儿子大嘎和媳妇要回来，可不能冷锅冷灶的，家，不就是一盘暖暖的炕吗？

　　大嘎和媳妇结婚五年了，媳妇能干，领着大嘎进了城，在街面上开了个窗帘店。前年，还把两个人的户口也迁到了城里。如今，两口子好歹也算是城里人了。儿子儿媳平时忙，只有逢年过节才回来住上三五天，掏火似的。嘎子妈心里虽然有点不舍，可又一想，只要他们过得好那就比啥都强。

　　大嘎从小就嘴馋，十几岁就能吃掉半只炖家鸡，吃完肉，还把骨头嚼得咔嚓咔嚓响。明儿个大嘎就回来，说啥也得给他炖只家鸡吃。

　　想着这些，嘎子妈从屋里走出来。日头升起老高，鲜亮的阳光染红了对面的屋顶，也染红了门前的树梢。嘎子妈打开台阶上的鸡笼，里面就两只鸡，一黑一白，白的个小还瘦。嘎子妈就逮了那只黑的，用麻绳绑了腿，返身回屋拎一把菜刀出来。嘎子爹在世时，鸡都是他杀；大嘎长大后，就由大嘎杀。嘎子妈也见过别人杀鸡，就那么拿菜刀对准鸡脖子轻轻一抹就行。可是，嘎子妈连着比划了几次，就是下不了这个手。

　　这时，院门一开，二嘎骑着摩托车进来。二嘎在城里打工，过节了，工地放假三天。嘎子妈忙对二嘎说："二嘎，快帮妈把这只鸡杀了。"

　　二嘎支好摩托，边往这边走边说："妈，杀鸡干啥？鸡不是还在下蛋吗？"

嘎子妈说："明儿个是中秋，你哥和你嫂子要回来，你哥爱吃家鸡肉……"

二嘎说："妈，我回来的时候路过我哥店里，他们说中秋节不回来了。"

"啥？不回来了？"嘎子妈一愣，手里的菜刀落到台阶下。嘎子妈想了想，又说："不是说好的要回来吗？咋又不回来了？是他们店里忙吗？"

二嘎说："倒也不是太忙，是我嫂子给我哥寻了个给工地下夜的差事，能挣双份的工钱。我嫂子说，他们买房时借别人的一万块钱得赶紧还上。"

嘎子妈明白了，这事跟家里那一万块钱有关。开春时，村里发退耕还林的补助款，按户头发，家家有份。嘎子妈领了一万块后，专门去了一趟城里，问儿子急不急着用钱。儿媳说："妈，我们买了一套房，正好差一万。"大嘎瞪一眼媳妇说："妈，那钱是你和二嘎的，留着给二嘎娶媳妇用吧。"走出儿子的店门，嘎子妈想，这要是就大嘎一个儿子多好，她会毫不犹豫地把钱给了大嘎，可大嘎后头不是还有个二嘎吗？二嘎也老大不小了，也该说个媳妇了。彩礼要备，房子要盖，哪一样都得用钱……

中秋是个团圆的日子，儿子儿媳不回来，嘎子妈心里就有个坎，过不去。嘎子妈折身进了屋，捧一个布包出来，对二嘎说："这是咱那一万块，你再进一趟城，给你哥送去吧。"

二嘎不接。二嘎一脸不高兴的样子说："妈，这钱是按户头发的，我哥的户口又不在……"

嘎子妈恼了，眼里涌出泪说："混账话！户口不在就不是妈的儿子啦？你哥只是进了城，落了个城里户口，就是出了国，没了户口，他也一样是妈的儿子！"

二嘎最见不得妈伤心落泪，赶忙说："妈，你别生气，我去还不成吗？"

嘎子妈擦去眼角的泪，叮嘱二嘎说："跟你哥嫂说，寻啥下夜的差事啊，明儿个是中秋，妈等着他们回来……记住，一定让他们回来！"

二嘎眼里闪着泪，接过娘的布包，小心翼翼地揣进怀里，用手压了压，转身走向摩托车，一步跨上去，轰隆隆驶出院门。

嘎子妈突然想起杀鸡的事，去喊二嘎，二嘎的摩托车早已驶过了村街。

绑了腿的黑鸡躺在台阶上，爹撒着翅膀，不住地扑腾扑腾乱动。嘎子妈从台阶下拾起菜刀，这一次，嘎子妈一刀下去，就抹了鸡的脖子。

红 月 亮

我和母亲赶着羊群出村时，日头就要坠到西山背后了。

下午，镇食品站的王站长在我们村收了四十只羊，我们村在山旮旯里，拉羊的车进不来，王站长就想从我们村雇个人往山外送羊。送一只羊两毛钱，四十只就是八块钱。母亲好不容易争来这份差事，忙喊来刚刚放学的我，让我和她一块往山外送羊。

路上，母亲对我说："等把羊送到山外，挣了钱，妈就扯几尺布，给你缝个新书包。"我一蹦三尺高，高兴得就像真的背上了新书包一样。

四十只羊挨挨挤挤，刷刷刷往山外走。出村不远，从对面的山坡上围过来一群羊。母亲担心两群羊混在一起，叫我盯紧点。那群羊原来是母亲娘家村的，放羊人是母亲的二叔，我叫他二姥爷。隔老远，二姥爷冲母亲打招呼："是凤英啊，给食品站送羊？"

母亲说："是啊，是啊，二叔还没回？"

二姥爷把羊群撵到一边，拎着羊铲走过来，看着我们送的羊说："凤英，叔跟你……商量个事。"

母亲笑笑："二叔你说。"

二姥爷把羊铲杵到地上，下了决心似的说："叔有十只羊，个头小，下羔少，想跟你送的羊调换几只。"

母亲愣了，随即摇摇头："不行吧？叔你看，我送的羊都涂了抹子的，还是红油漆的呢。"

二姥爷弯腰抓住一只羊，用手捏了捏羊背上的抹子说："这抹子是刚涂上去的，油漆还没干。我薅些带油漆的羊毛，到我的羊背上揉揉就成，嘿嘿。"

母亲说:"叔,我送羊可是挣了人家钱的呀,咋能干这事?"

"羊是公家的,调换几只,你能少了啥?"二姥爷不高兴了,"我也不白求你,这样吧,调换一只,我给你两毛钱。"

母亲坚决地摇摇头:"不行不行,这事,我不能干!"说完,母亲冲我使个眼色,我抢起鞭子,啪啪啪,一顿猛抽,羊群呼呼地向前冲去。我哈哈笑着,根本不顾二姥爷在后面嚷嚷什么。

出了山外,天已黑透。十几里山路,走得我两腿酸软,脚底冒火,肚子也咕咕叫起来。

王站长早已等在村口,见我们到来,忙把我们领到村头的一个大院门口。门楼上吊一盏大汽灯,贼亮贼亮的。一辆拉羊车就停在一旁。王站长对母亲说:"大姐,你们娘俩先歇个脚,等我们装完羊,就给你钱。"母亲点点头,拉着我坐到旁边的一块石头上。

几个村里人帮着往车上装羊。奇怪的是,每抓到一只羊,临上车前,王站长总要猫下腰,用手电照照羊肚子,然后再送到车上去。我悄悄问母亲:"他照啥呢?"母亲摇摇头说:"我也不知道。"

四十只羊终于装完了。母亲凑过去说:"王站长,你刚才照啥呢?"

王站长笑笑说:"我照羊肚子上的抹子啊。"

母亲愣了:"你不是在羊背上涂了红油漆抹子的吗?"

王站长说:"是这样的。去年,我也从山里收了几十只羊,也是雇人送到这里的,等回到食品站才发现,有一半的羊被人半道上调了包,大的成了小的,肥的成了瘦的……所以,今天在你们村收羊时,我除了在羊背上涂个抹子,还在羊肚子上加了个抹子。哦,我这么做也是被逼无奈……大姐,请你原谅。"

好悬啊,幸亏母亲坚决,没让二姥爷中途换羊,不然,麻烦可就大了。

王站长掏出一张十块的,送到母亲面前说:"拿着,这是你们的工钱。过年我要是去你们村收羊的话,还雇你。"

母亲掏遍口袋,只掏出一块六毛钱。母亲尴尬地搓着手说:"我零钱不够,王站长就给八块吧。"

王站长说:"不用你找,拿着吧。多出的四毛钱,给孩子买几块糖吃。"

母亲接过钱，不安地说："那咋成啊？"

王站长伸手摸摸我的头："饿坏了吧？走，到屋里吃饭去！"

"不了不了，我们就回去。"母亲拉起我的手就走。

王站长一步挡在母亲面前说："走了十几里山路，不吃点东西就回去，大人好说，孩子能受得了？"

母亲没话说了。

饭是莜面鱼鱼，我平时吃不到的好东西，我那个香啊，一气吃下两大碗。

往回走的路上，母亲在后我在前。头顶，是又圆又大的月亮，可我记得，那是一轮红月亮……

王 小 孬

村西头响起"噼噼啪啪"的鞭炮声时，王小孬要出门。

媳妇米花说："大清早的，院不扫，水不挑，你干啥去？"

王小孬从口袋里掏出一块巴掌大的红布条，在媳妇面前抖了抖说："大驴的娘今儿个不是要出殡吗？嘿嘿，他请我当大杠哩。"

米花撇撇嘴："大驴仗着手里有几个臭钱，从不把村里人放在眼里，他娘死了没人抬，才请你的。就你没骨气，孬人一个！"

王小孬名字孬，人也孬，村里没人拿他当回事。唉，孬就孬吧，爹生娘养的，这也是没有办法的事。王小孬歪着嘴说："大驴许我一百块哩……有钱不挣，那是傻瓜！"

米花拿鸡毛掸子像赶苍蝇一样赶着王小孬说："去去去，挣你的一百块去，拿到手才算数。"

王小孬不还嘴，抄着手，脚步踢踢踏踏地出了门。

抬棺材要八个人，俗称八大杠。等王小孬来到大驴家才发现，除他是本村人外，其余七个大杠都是大驴从城里劳务市场花钱雇来的。

王小孬突然想起出门时媳妇说的话，一下子灰了脸。

既然来了，走又走不得，那就硬着头皮抬吧。王小孬躲闪着别人的目光，抬着棺材转村时，恨不得把头扎进裤裆里。

出殡回来的路上，王小孬悄悄问身旁一个大杠："大驴雇你们来，给你们挣多少钱？"

大杠说："一人三百，车接车送，还管一顿饭。这晦气活儿，钱少了谁干？"

王小孬一听，腰弯得更低了。

回到大驴家，当院已摆好几桌酒席。王小孬找个空位，屁股刚刚挨到板凳上，大驴耷拉着一张驴脸走过来，冲他摆摆手说："起来起来，守家在地的，就没安排你的饭！"

王小孬很听话，乖乖站起来，灰着脸朝院门口走。走了几步，王小孬忽然想起什么，腰板一挺，扭转身来到大驴面前，把手一伸，说："拿钱来！"

王小孬说得字字有力。

大驴"哦哦"两声，打开包，从一沓钱里抽出一张，拿手指梆梆弹了两下："这么点活儿，就挣一百块，多划算，天上掉馅饼的好差事……咱黄土坡的男人，都他娘的脑子进水了！"

王小孬接过钱，对着阳光照了照，突然两手一用力，嚓嚓嚓，把钱撕得粉碎。一扬手，碎钱像蝴蝶一样飞起来，又落下去……

大驴惊呆了。

院里的人都抻着脖子，用诧异的目光看着王小孬。

王小孬背着手，仰着头，脚步腾腾地跨出院门。

 # 老 八

老八姓李，大名叫李振海。因为在同族弟兄中排行第八，所以，人们都叫他老八。

老八从小就聪明，长得虎头虎脑，人见人爱。他爹李老歪为有这么个儿子，常常半夜里从睡梦中笑醒。醒来后的李老歪也不忘给儿子掖掖被角，亲亲儿子的脸蛋。老八十八岁当兵，从部队复员回来后，就更惹人眼了，用现在的话说，是帅男一个。那年冬天，民兵营进行了一次大的调整，村支书力荐老八担任了民兵营长一职。李老歪家祖宗八代没出过芝麻大的官，儿子一下子当了民兵营长，该是老李家的祖坟冒青烟了吧？一向蔫头耷脑的李老歪，走起路来也一拽一拽的，有了派头。

其实，村支书看重老八，也是有原因的。村支书就一个女儿，叫凤英，和老八同岁，也到找个婆家的时候了。村支书觉得，在同村年青人当中，老八无疑是最优秀的，把女儿嫁给老八，肯定错不了。况且，村支书年事已高，指不定哪天就下了台，他为女儿婚事考虑的同时，也为自己的接班人着想。

第二年开春，天阴冷阴冷，公社组织各队民兵到二道洼修公路，一千多人的筑路大军驻扎进二道洼。老八作为带队，参加了这项工程。公路没修完，老八却干出一件荒唐事，他和邻村一个叫米兰的姑娘好上了。年青人在一起，日久生情，擦出点火花也是正常的事。可老八看上的这个米兰偏偏是富农成分。那年月，成分代表着一个人的地位和尊严，不得马虎。被爱情冲昏头脑的老八，哪里顾得了这些？公路竣工时，各队民兵要返回原地。分手在即，米兰约见老八，泪眼朦胧地说："我知道，咱俩注定是没有结果的。只是……我肚子里的孩子咋办？"老八一把拉住

米兰的手，豪情万丈地说："你放心，我一定娶你，腊月咱俩就办事！"

老八回到家，把他和米兰的事一五一十讲给李老歪。李老歪一听，嘴脸更歪了，跳着脚喊："你敢娶那个富农分子进门，老子就一根绳子上了吊！"老八无心再辩，一堵气，住进了民兵营办公室。

是六月，天遭大旱。因为抢水浇地，老八带着民兵和邻村发生了一场激烈的械斗。老八因为想着和米兰的事，心里憋着一口气，不管不顾，冲在最前头。冷不丁，一根锹把夹着风招呼到老八的脑门上。老八大叫一声，倒在地上。两村人不敢再战了，急忙把老八送往医院。

半个月后，等老八从医院回来时，人就彻底傻了，不说不笑，迷迷瞪瞪，像个活死人。李老歪守着傻了的儿子，欲哭无泪。

傻了的老八自然当不成民兵营长了，队里没一个人不为老八惋惜的。

得知消息的米兰，从八里外的邻村赶过来，她要见见老八。当时，天正下着大雨，电闪雷鸣。正在给老八喂粥的李老歪一抬头，看见一个女人落汤鸡似的朝自家门口跑过来，李老歪断定，那女人就是害了儿子的米兰。李老歪丢下饭碗，一头扎进暴雨中，啪地关上大门，把米兰拒之门外。哗，一道闪；轰，一声雷。米兰跪在门外的雨地里，手拍门板，一次又一次地哀求李老歪把门打开。

李老歪不是铁石心肠，最终还是打开院门，放米兰进来。米兰顾不得浑身透湿，打一盆水，给老八擦脸洗脚。李老歪含着泪问米兰："老八成了这样，你不嫌弃他？"米兰说："老八他活一天，我就伺候他一天！"李老歪想明白了，点着头说："也罢，也罢。"

腊月，第一场雪下过，李老歪给老八和米兰办了婚事。

洞房之夜，米兰铺好床，要扶老八休息。老八突然一跃而起，一把抱住了米兰，啃了又啃，吓得米兰一声尖叫。待回过神来，米兰明白了，喜极而泣："你没傻，你是故意装傻的啊，你可真傻！"老八说："我不装傻，能娶你进门？"

转年，米兰就给老八生下一个大胖小子。

那个胖小子就是我。

 掌　声

开春的时候，一场火灾烧毁了南山一大片树林，护林员二秃也葬身火海，损失惨重。

为推选新的护林员，村民会开了好几次，都没定下来。这时，村里支持派的四喜提议，让操蛋当这个护林员。四喜的话刚落音儿，反对派的五福站起来说："操蛋今天偷张家一只鸡，明天逮李家一条狗，是村里的祸害，让他当护林员，还不如一把火烧了树林。"四喜趴在五福耳边，悄悄低语了几句，五福的态度来了个一百八十度的大转弯，举双手赞成操蛋担此重任。

村主任找到操蛋，把推选结果告诉他时，操蛋嚼着鸡肉的嘴巴不动了，痴痴地看着村主任，傻了一般。直到村主任抬腿要走时，操蛋才"咕儿"一声咽下鸡肉，眼里含着泪花说："我干，我干。"

当了护林员的操蛋像换了个人，把家也搬到南山的树林里。操蛋领着他那条秃尾巴狗，白天巡山，晚上也巡山。从此，村里的牛羊休想踏进林地半步，有人到林地里抽烟，就像掘了操蛋的祖坟一样，定会被他骂个狗血喷头。

一晃三年过去，林地没发生一次火灾，也没丢过锹把粗一棵树。县林业局的人来检查后很高兴，在村民大会上表扬了操蛋，还当场奖励给他五百元。

操蛋接过钱，脸儿红红地对台下的村民们说："谢谢大家，谢谢乡亲们给了我一个改过自新的机会……"

台下，四喜和五福不解地摇着头，用诧异的目光看着操蛋。

操蛋接着说："三年前，当村主任告诉我，让我当这个护林员时，我

就知道，乡亲们不是抬举我，是巴不得我走二秃的老路，被一场大火活活烧死……"

四喜看看五福，五福瞅瞅四喜，尴尬地一笑，谁也没吱声。

操蛋揉揉红了的眼圈儿，说："那一刻，我突然惊醒了，我也是人啊，咋活得这么让人不待见？也就是从那天起，我发誓要重新做人，做个堂堂正正的人！三年了，我做到了！"

四喜和五福带头鼓起了掌。

操蛋晃了晃手里的钱说："林业局奖我这五百块，我分文不要，我就用这笔钱买一批树苗，把三年前烧毁的林地都栽上树，也算是我给大伙赔个罪……"

操蛋的话刚说完，台下已是掌声雷动。

祖　坟

　　孙翠英是我的继母。孙翠英活着的时候是我们李家的人，死后却没有被父亲葬进祖坟里。

　　孙翠英漂亮能干，父亲就是看中了这一点，在母亲去世一年后，才把她从山那边娶进门的。孙翠英果然是把好手，除了精打细算，还能把粗茶淡饭做得有滋有味。院里的鸡呀，猪呀，也是见风长。孙翠英还会剪窗花，一把剪刀上下翻飞，武松打虎，猪八戒背媳妇……活灵活现，栩栩如生。每逢过年，窗花一贴，我家的窗口就成了孩子们围观的一景。那时，身强体壮的父亲在队里赶马车，赶马车是个好活儿，不用扛锄头，挣得工分还高。我们家的日子，那是芝麻开花节节高。

　　突然有一天，这株开花的芝麻蔫巴了。给我家自留地送粪的马车惊了，父亲从车辕上掉下来，飞速转动的车轮毫不留情地从父亲的胯下碾过。父亲拣了一条命，却成了半个人。那段日子，孙翠英常常哭得眼泪一把鼻涕一把。

　　父亲在炕上躺了半年，伤好后落下了残疾，赶不成大车，也干不得农活了。想了好久，父亲终于对孙翠英说："你还年轻，不能守个半瘫子过一辈子，你还是趁早再嫁个人吧。"孙翠英一把拉过我和大哥，含着泪说："大军二军都炕沿高了，我不能让他们没饭吃，没衣穿。我孙翠英活是你李家的人，死是你李家的鬼！"

　　接下来的日子，确实证明了这一点。我们家的日子并没有因为父亲这个顶梁柱的倒下而变得困顿起来，孙翠英有能力让我们吃得饱，穿得暖。

　　花开花落，春去秋来。村里传出孙翠英和队长的绯闻，传得有鼻子有眼。还有人说亲眼看见过队长把一袋袋粮食偷偷摸摸背到我家大门口。父亲闻听，哀叹一声，闷闷的烟袋锅在那个漫长的冬夜里，明明灭灭到天亮。

那是个没有月亮的夜晚，我们被大门口一阵激烈的吵闹声惊醒。接着，屋门咣的一声，孙翠英破门而入，把我们惊成一尊尊泥胎。孙翠英披头散发，上衣破了，鞋也丢了一只。那更是个耻辱的夜晚，队长的老婆堵在我家大门口，扯着嗓门诅咒孙翠英，声音大的让全村人都听得见。她一遍又一遍地骂孙翠英不要脸，骂孙翠英不得好死……临走的时候，还把孙翠英遗落的一只鞋撕个稀烂，挂在我家门板上。

父亲像头暴怒的狮子，一把薅住孙翠英的头发，抡起的擀面杖雨点般落到孙翠英的头上身上。孙翠英不躲也不叫，任由父亲一顿暴打，伤痕累累。她的眼神是无助的，更多的是绝望。

三天后的一个早晨，做好的饭热在锅里，却不见了孙翠英。那是孙翠英给我们做的最后一顿饭，她把自己吊在南山坳的一棵槐树上，结束了她二十九岁的生命。

那年，大哥十岁，我八岁，小大人了。

父亲恼羞成怒，喊来几个侄儿在槐树下挖个坑，就地掩埋了孙翠英。邻居三秋看不过，冲父亲嚷："你狗日的作孽啊！孙翠英也难，她还不是为了这个家！不置口棺材也罢，你总该让她进祖坟呀！"父亲说："我丢不起这个人！她连脸都不要了，还进祖坟干什么？"父亲又说："我怕她弄脏了祖坟……"

斗转星移，一晃三十年过去，父亲也已老态龙钟了。生活的艰辛，让他慢慢理解了孙翠英，并时常念叨起她的好。有时，父亲会像个孩子似的问我和大哥："你们说，孙翠英要是还活着，咱家该是怎样的日子啊？"问得我和大哥满眼的泪水。

今年清明节的前几天，我和大哥商量着想把孙翠英迁入祖坟。毕竟三十年了，孙翠英在荒山野岭的南山坳孤孤单单了三十年，该让她有个栖息的地方了。我们去见父亲，说出我们的想法，父亲却摆摆手说："迁什么迁？不用，不用！"

我和大哥大眼瞪小眼，看来，父亲还是不肯原谅孙翠英。

父亲遥望着南山坳，眼里突然淌出泪水说："大军二军你们听着，等我死了以后，你们就把我和孙翠英葬在一起……南山坳……就是咱家的祖坟了！"

鱼 香

　　鱼香是我的三嫂，模样周正，手脚勤快。要不是她不会说话，是个哑巴，三哥恐怕是娶不到她的。

　　三哥窝囊，说话还结巴，八板子打不出一个响屁。前几年，三哥随村里人在城里打工，干了几年，钱没拿回家一分，还把一条腿弄瘸了。眼看着两个孩子一天天长大，三哥犯愁，鱼香也犯愁。

　　今年春天，鱼香找到村主任，连比划带"啊啊"了大半天，村主任才明白过来，鱼香是想承包村西头的那口鱼塘。鱼塘多年不用了，闲着也是闲着，村主任很高兴，爽快地答应了，还免收三年的承包费。

　　鱼塘因为多年不用，已积了厚厚的一层淤泥。清理淤泥是件头疼的事，有人提议，让他们花钱雇台挖掘机，省时省力。可鱼香不舍得，领着三哥蚂蚁搬家似的一筐一筐往外抬。星期天，两个孩子也来挖泥抬筐。村里人看不过，纷纷前来帮忙，鱼塘边黑压压的淤泥小山一样一天天增高。

　　麦子下种的时候，鱼塘终于清理出来。放鱼苗那天，鱼香指挥三哥"噼噼啪啪"放了几挂鞭炮。鱼塘边，响起鱼香抑制不住的"啊啊"声，舒心而畅快。

　　鱼儿一天天长大，鱼香笑眯了眼，常常半夜爬起来，给鱼儿喂食。后来，干脆把家也搬过来，住进塘边的小窝棚里。

　　夏天过去，秋天来了。第一拨鱼儿出塘时，是中秋节的前一天。鱼塘边停着好几辆前来拉鱼的车，有城里水产店的，也有几家大酒店的。人来人往，好不热闹。

　　一塘鱼儿快起完的时候，鱼香打着手势告诉众人，剩下的鱼儿她不卖了。

众人不解。三哥颠儿颠儿跑过来，结巴着对鱼香说，卖卖卖……卖了吧。卖完了，咱好再再再……再放鱼苗。

鱼香指指村里，再指指自己的胸口。三哥明白了，冲着鱼香一个劲儿地点头。

中秋节一早，鱼香和三哥就在鱼塘边忙开了，他们把剩下的鱼儿一网一网捞起来，倒进架子车上的铁罐里。三哥在前面拉，鱼香在后面推，轱辘轱辘回了村。

从村西到村东，每到一户人家门前，三哥站下，鱼香就从铁罐里捞两条活蹦乱跳的鱼儿，提溜着送进去。

原来，他们留着鱼是要给乡亲们吃。有的人家过意不去，非要给钱，鱼香又是摇头，又是摆手，放下鱼转身就跑。

今年的中秋节，家家炖鱼吃，鱼香味儿弥漫了整个村子。

豆腐婆婆

豆腐婆婆住在村西头，一生无儿无女，因为会做豆腐，人们叫她豆腐婆婆。其实，豆腐婆婆年轻时并不会做豆腐，男人死后，快五十岁的她才学会了做豆腐。

豆腐婆婆做的豆腐细腻，滑嫩，味道纯正，不用出门，做多少卖多少。可豆腐婆婆给自己定了个规矩，每天只做十斤黄豆的豆腐，卖完为止。有人劝她多做些，豆腐婆婆笑着说："人上了年纪，胳膊腿儿不利索，还是悠着点吧。"

一晃二十年过去，豆腐婆婆老了，做不得豆腐了，就把这门手艺传授给村里的刘四海。刘四海家的日子穷得叮当响，有了做豆腐的手艺，短短几年时间，日子便越过越红火。

大前年，村里办低保，豆腐婆婆找到村主任，也想申请一个低保指标。村主任看着豆腐婆婆，扑哧笑了："你知道啥叫低保吗？那是专门给最困难人家准备的。你想办低保，那得等全村人都办了低保才能轮到你哟。"

村里有人替豆腐婆婆算过一笔账，不算不知道，一算吓一跳。豆腐婆婆做了二十年的豆腐，就按每天做十斤黄豆算，一斤豆腐一元钱，二十年少说也挣十几万啊！也有人撇着嘴说："她一个孤老婆子，花钱的地方少，存这么多钱干啥？死了还能带进棺材里？"

去年冬天，第一场雪过后，豆腐婆婆真的死了。她的钱没带进棺材里，也没留在那几间土坯屋里。豆腐婆婆到底把钱藏在了哪里？这成了村里人心头的一个疑团。

直到今年春天，这个疑团才被解开。

那是个细雨蒙蒙的日子，一辆小轿车突然驶进村里，车上下来两个年轻人，开口就问豆腐婆婆家在哪里？原来，这两个年轻人是孤儿，是豆腐婆婆用卖豆腐的钱供他们吃，供他们穿，还供他们上了大学。两个年轻人大学毕业后留在了城里，这次来是接豆腐婆婆到城里和他们一块生活的。

　　得知豆腐婆婆去世的消息，两个年轻人扑到豆腐婆婆的坟前，哭着说："我们来迟了一步啊!"

 # 腊 八

腊八一大早，凤儿回了娘家。

凤儿前脚刚进门，男人金柱后脚就撵了进来。两个人谁也不说话，绷着个脸，好像有谁欠了他们几斗米似的。凤儿的脸上，还挂着泪痕。

正在做腊八粥的六婶一看这架势，慌了："大腊八的，你们……这是咋啦？"

凤儿一屁股坐到炕沿上，抢先说："金柱他……他打我……"

六婶是村里出了名的厉害茬儿，一听这话，火"腾"地蹿上脑门，手里的锅铲差点戳到金柱的鼻尖上："凤儿长这么大，我都不舍得动她一指头，你敢打她？说，你凭啥打人？今天你要是说不出个所以然来，你打凤儿一巴掌，我拍你三锅铲！"

金柱往后挪了下身子，朝凤儿翻翻眼，嘟囔着说："你问她。"

六婶扭脸看着凤儿，凤儿不吭声。六婶不满地对金柱说："你们结婚两年，你在城里打工，家里就撇下凤儿一个人，春种秋收，打鸡喂狗，还要伺候你那有病的老娘……"

"她伺候我娘？算了吧，怕是我娘伺候她哩。"金柱嘴一撇，打断六婶的话，"听邻居花嫂子说，她饭不做，锅不洗，推了饭碗上牌桌，连我娘得了阑尾炎都不管，幸亏我昨天赶回来……"

六婶一愣："啥？你娘得了阑尾炎？哎哟，我的亲家母，可遭了大罪哩。"

金柱说："村卫生室的医生让到县医院做手术，说再迟了怕有生命危险。我回家拿钱，凤儿不给钥匙，还和我大吵大闹。一气之下，我才动手打了她一巴掌。"

六婶瞪着凤儿，等着她说话，可凤儿的嘴巴像上了封条，就是不吭声。

六婶明白了，又气又急地对金柱说："她不给你钥匙，你就没辙啦？不就一把锁吗？你砸呀！亏你还是个大男人，撵着媳妇往我这里跑，瞧你那点出息！"

金柱的一张脸臊成了腊八粥，窘迫地"嗯嗯"两声，转身便走。凤儿呆若木鸡。

六婶丢了锅铲，狠狠地瞪一眼凤儿说："丢人现眼的东西，还有脸回娘家？亲家母要是有个三长两短，你就是罪人，还不快滚！"

金柱和凤儿一前一后出了门。

屋外，大片大片的雪花落下来。

 # 比天还大

老二家里有钱，想盖座小二楼，就去找村主任给他批块宅基地。

这天，老二拎着两瓶酒，摸黑来到村主任家。村主任正在看电视。明白老二的来意后，村主任笑着把老二拎来的酒挡回去，不说批，也不说不批。

隔几天，老二掂着两条烟，再次走进村主任家。还像上次那样，村主任笑着把老二掂来的烟挡回去，不说批，也不说不批。

老二心里直发毛，村主任到底想要啥？

老二要走，被村主任拦下。村主任说："老二，你家麦子不少吧？"

老二是村里的种粮大户，家里有的就是麦子，多得快要撑破粮仓了。老二说："不少不少，满满两大粮仓，少说也有三万斤！"

村主任感叹着说："好好好，麦子好啊，粮食是根本，比天还大……"

老二明白了，船原来弯在这里。老二说："主任想要麦子啊？早说呀！我这就回去开车送几袋过来……"

"几袋不要，送一袋就好。今天太晚，明天一早吧。"村主任说。

"不过，我要你亲自给我扛过来！"村主任又说。

扛过来？这不是折腾人吗？老二心里老大的不痛快。但又一想，不就一袋麦子吗？庄稼人还怕个这？扛就扛。

第二天一早，老二果然屁颠屁颠扛来麦子。

村主任迎出屋，笑眯眯地说："我腰疼，扛不得东西。家里不方便搁麦子，老二你就帮我扛个地方吧。"

老二说："行。"

村主任瞅瞅老二，关心地问："你还扛得住吗？要不歇歇？"

尽管老二累得气喘吁吁，脚底打晃，但他还是咬着牙硬挺着说："扛得住，扛得住……"

出了门，村主任在前边走，走得脚步腾腾；老二在后边撵，撵得东倒西歪。

左拐，右拐，照直走……

村主任站下，用手朝前边一指对老二说："到了，扛进去吧。"

老二抬头一看，呆住了，脸上的汗密密麻麻淌下来。

前边的破土屋里，住着老二的娘……

 # 过 年 礼

腊月二十六，我回乡下去看母亲。

村街上，不时有鞭炮声炸响，噼噼啪啪。年的味道很浓了。

母亲很高兴，忙着和面、剁馅，要给我包饺子吃。饺子煮进锅里时，母亲突然想起家里没醋了，就嘱我去买。我拔腿就走，母亲叫住我说："骑车去吧，到村西头麻婶家的小卖部去买。"

"六毛家的小卖部就在屋后，干啥舍近求远？"

母亲说："关门了。"

"当村不还有一家吗？我同学春喜开的。"

母亲说："也关门了。"

看着饺子在锅里翻腾，我不再多嘴，赶紧骑车去了村西头。

要过年了，麻婶家的小卖部里，买年货的人真不少，有本村的，也有邻村的。麻婶一个人忙不过来，两个放假回家的女儿也来帮忙。麻婶的生意很红火。

吃着香喷喷的饺子，我想起刚才买醋的事，就对母亲说："六毛和春喜的小卖部开得好端端的，怎么就关门了？我听他们说过，开个小卖部也不错，能抵得上进城打工挣的钱……"

母亲往我碗里夹了几个饺子说："是因为麻婶的小卖部啊。"

"是麻婶挤垮了他们？"

母亲摇摇头说："入冬前，麻叔帮人泥房子，从屋顶摔下来，摔坏了腰。钱花了不少，人却瘫了。你也知道，麻叔麻婶就两个女儿，一个上大学，一个读高中。家里没了顶梁柱，日子一下子困顿起来。麻婶倔得很，从不肯接受别人的帮助……六毛和春喜看在眼里，急在心上，两人

一合计，就关了小卖部，跟着人进城打工去了……"

我一时转不过弯来，说："这事跟六毛春喜的小卖部关不关门有啥关系？"

母亲拿筷头点一下我说："你是真傻呀？六毛和春喜关了小卖部，村里人要买东西，上哪买去？"

我明白了。

母亲还说："不光咱村里的人去麻婶家买东西，就连邻村的人也去买，有买一包烟的，也有买几卷纸的……"

……

第二天，我要回城了。临走时，我想起母亲爱吃糖水梨罐头，于是，趁着等车的工夫，我一溜小跑去了麻婶家，扛三箱罐头回来。

母亲呆了，一脸嗔怪："傻儿子，真是个傻儿子……"

我说："要过年了，这是儿给你的过年礼……"

春 天 里

春天里，秀田回了村。

秀田进村时已是中午，村里的幼儿园正好放学。孩子们排着队，在老师的带领下走出大门。幼儿园门口，早围了一群接孩子的老头和老太太。秀田听婆婆在电话里说过，儿子亮亮今年也上了幼儿园，秀田在老人堆里看了一遍，没有看见婆婆，就想顺便把儿子接回家。

秀田在南方一家制衣厂打工，已经有四年没回家了。秀田走的时候，亮亮还不到一岁，刚刚断奶，正是呀呀学语的时候。一晃四年过去，儿子一天天长大，儿子现在长什么样儿，秀田心里没底，可秀田心里明白，凭着母亲的直觉，她一定能认出儿子来。

幼儿园门口，大部分孩子已经被爷爷奶奶接走，只剩下四五个孩子还在翘首张望。秀田一眼就认出了儿子，那个圆脸、大眼睛的小男孩不就是亮亮吗？秀田几步过去，一把拉住儿子的手说："亮亮，妈妈回来看你啦。走，跟妈妈回家！"

亮亮并没有表现出秀田想象的那种惊喜，而是歪着脑袋，眨巴着眼睛说："我妈妈？可我没见过你呀！"

秀田鼻子一酸，眼泪差点没掉下来。秀田抬手抚摸着亮亮的小脸蛋说："妈妈在你一岁时就去了南方，忙着打工赚钱，一直没回来看你。家里不是还有妈妈的照片吗？傻儿子，你不会连妈妈都不认识了吧？"

"你跟照片上的妈妈不一样，你不是妈妈！"亮亮抽回手，转身跑到老师跟前。女老师对一身城里人打扮的秀田说："大姐，对不起，你不能接走亮亮！"

秀田急得大叫起来："你有没有搞错啊,我可是亮亮的妈妈呀!"

"可亮亮不认识你呀!"女老师说,"亮亮上幼儿园快一年了,每天只有他奶奶接他送他,风雨无阻。除了他奶奶,我们没见过他的任何家人。亮亮的奶奶还特意叮嘱过我们,说除了她,别人不能接走亮亮……"

"可我……真的是亮亮的妈妈啊!"

秀田一抬头,看见后院的五奶拄着拐棍来接孙女,秀田像遇到了救星,赶忙迎上去,拉着五奶的手说:"五奶,你还认得我吗?你说,我是亮亮的妈妈吧?"

五奶眯着老眼,上一眼下一眼地打量着秀田,然后扁扁嘴说:"我老啦,眼神不好,常常认错人。"说完,五奶摆摆手,领着孙女蹒跚而去。

儿子不相认,老师不相信,连前后院住着的五奶也认不出她来了,秀田的心里好一阵难过。

女老师说:"大姐,你还是走吧。我陪亮亮再等一会儿,如果亮亮的奶奶还不来,我就送他回家。"

秀田近乎哀求地说:"老师,你怎么就不肯相信我呢?我真是亮亮的妈妈!你仔细看看,亮亮的眼睛,亮亮的鼻子,还有亮亮的嘴巴,哪一点不像我?"

女老师说:"不是我不肯相信你,是我们要对每一个孩子负责。你知道吗?去年,就有一个自称是孩子舅舅的人贩子差点拐走了一个小女孩,幸亏我们发现得及时,不然后果不堪设想。自从出了那件事以后,我们幼儿园规定,除了我们认识的家长外,别人一律不准接走孩子……"

秀田无话可说了。又有几个孩子被老人接走。空荡荡的幼儿园门口,就剩下了亮亮一个孩子。

起风了,早春的风乍暖还寒,刚刚吐出嫩芽的柳树条儿在微风中摇啊摆啊。秀田走也不是,留也不是,一抬头,终于看到了婆婆。婆婆晃动着一头如雪的白发,深一脚浅一脚地往这边跑。

这时,秀田包里的手机突然响起来,掏出来一看,是男人宝柱从南方打来的。宝柱说:"秀田,到家了吧?儿子好吗?嘿嘿,他长高了吧?咱妈身子骨还硬朗吧?哦,对了,工厂下个礼拜要加班,给三倍的工钱哩,没啥事儿的话,你可要早点赶回来啊!"

秀田没来由地火冒三丈，冲着手机大声喊："赶，赶，赶你个头！告诉你宝柱，我不去了，给六倍的工钱我也不稀罕！"

　　挂了电话，秀田已是一脸的泪水。

乡下爹娘

爹有些日子没来我家了。

爹这次来，还拎来两只鸡。看着绑了腿的鸡在地板上扑腾乱动，我埋怨爹说："爹，你来就好了，还带鸡干啥？城里又不是没卖鸡的？"

爹不高兴了，脸儿一板说："城里卖的鸡咋比得上咱自家养的鸡？爹打听过了，听小满说，你的贫血病……多喝鸡汤才好哩，爹就先送两只过来。"

我去年得了贫血症，经半年多的治疗，好得差不多了。本来，我不打算告诉乡下的爹娘，他们老了，我不想让他们为我担心，可爹娘还是拐弯抹角地打听到了。前天，爹在村里的小卖部和我通了电话，电话里，爹一个劲儿地埋怨我不该瞒着他们。爹问我啥是贫血症？要不要紧？最后还说，爹没念过几天书，可爹心里知道，贫血跟庄稼地里缺水是一个理儿，那苗儿还不蔫巴了？不行，爹得抽空进城看看你……没想到，仅隔了一天，爹就从乡下赶了过来。

我拨通妻子的电话，想让她早点回家，顺便买些菜和肉。爹一把拦住我说："不用不用，爹早晨吃下你娘摊得四张大煎饼，现在还打饱嗝哩。爹看看你就行，一会儿还要赶回去呢。"

我说："你好久没来了，来一趟不容易，就多住些日子吧。"

爹摆摆手："你娘腿脚不利索，连桶水也提不回去，爹不放心。再说，地里还忙，后晌，爹还要和人搭伙种玉米哩。"

爹执意要走，我拦也拦不住。打开门，爹一脚门里一脚门外对我说："好好养病，啥也别想。哦，对了，你娘孵了一窝小鸡，出壳二十只，养大了够你吃一年……以后地里的活儿忙，爹要是走不开，你就自个儿回家来取。"

我强忍眼泪，使劲点头："一定一定。"

转眼，五一到了。趁着假期，我决定回老家一趟，看看我的乡下爹娘。

到家时，已是正午。爹娘的家在村东头，走到门口，我正要推门，却见大门锁着。爹娘去了哪里？下地干活也该回来了吧？我正疑惑着，一抬头，看见隔壁花婶提着水桶从自家院里走出来。

花婶放下水桶，几步走过来说："哟，是侄儿回来了。听你爹娘说，你得了贫血症，好多了吧？"

我点点头，问花婶："我爹和我娘呢？"

花婶说："哦，搬家了，上个月就搬了。"

"搬家？"我一愣。在我们老家，搬家可是件大事，爹娘该告诉我一声啊。我说："搬哪儿了？"

"搬回村西头的老屋里去了。"

老屋是爷爷手里盖起来的，已破旧不堪，夏天热死人，冬天冻死人。我疑惑地说："这里不是挺好吗？屋子是新盖的，宽敞明亮，住着也舒服……花婶，你知道他们为啥要搬家吗？"

花婶说："你们老屋那边不是有两棵枣树吗？他们搬过去，就是为了照看那两棵枣树呢。"

我糊涂了。老屋那边的两棵枣树是和我一块儿长大的，在我的记忆中，就没结过多少枣。爹娘搬到那边去住，图个啥呀？

花婶说："你爹你娘听说你得了贫血症，急得吃不下饭，睡不好觉，逮谁问谁。那天，他们把村里的医生小满请到家里来，问这问那。小满告诉他们，说你的贫血症除了喝鸡汤，还要多吃红枣……于是，他们第二天就搬回老屋去了……"

我背转身去，佯装点烟，眼泪却肆无忌惮地落下来。

雪花那个飘

早晨，天空飘起了细碎的雪花。

秀平从下房取回一块肉，边拿刀切边对喜田说，你去村东头的小卖部买两瓶酒回来，晌午，咱请客。

请谁？喜田说，咱孤门独户的，没啥亲人啊。

秀平说，村里的贵生可帮了咱家的大忙。收麦那天，要不是贵生帮忙，咱北坡那两亩麦子就沤在地里了……我露一手，炒几个拿手菜，你和贵生好好喝几杯。

好，好。该请，是该请。喜田说完，抬腿便走。秀平又说，买酒回来，顺便把贵生叫上。

喜田出了门。

是腊月二十三，农历的小年。雪还在不紧不慢地下。喜田披着雪花走进村东头的小卖部，开小卖部的三孬笑眯眯地说，哟，是喜田，买点啥？

喜田说，晌午请客，就来两瓶好酒吧。

三孬取来酒，搁在柜台上说，是请贵生喝酒吧？

喜田点点头，随即一愣，你咋知道？

三孬说，贵生帮你家收麦，这个人情，你能不还？那天，我到镇上进货，回来得晚了，路过北坡你家那块麦田，看见一男一女在割麦，我还以为那男的是你呢，仔细一看，是贵生……贵生这头犟驴，咱村有几个人能使唤得动他？嘿嘿，你老婆秀平就能……

三孬话里有话，傻子都听得出来。走出小卖部，喜田就没了刚才的好心情。前面是贵生家，喜田停下脚步，斜眼瞅着那扇黑漆漆的大门，狠狠地啐了口唾沫。进还是不进？喜田脑子一转，有了主意，便转身走了进去。

贵生正蹲在灶台前烧火，看见喜田拎着两瓶酒进来，使劲抽一下鼻子说，喜田，请我喝酒？

喜田不冷不热地说，我自个喝！

那你来干啥？

你不是帮我家收过北坡那两亩麦子吗？活儿没有白干的，咱算算。

贵生站起来，不认识似的打量着喜田，眉头皱个疙瘩说，算算？当初我帮秀平割麦，啥都没想。那天，天阴得要下雨，我看见秀平一个人在麦田里忙活，就过去帮了她一把。咱一个村住着，乡里乡亲的，帮个忙还不应该？是你想歪了吧？

喜田冷笑一声，想歪不重要，我是怕做歪了！

既是这样，那就依你，咱算算。正好，我过年还没钱买酒哩。贵生掰着指头细数起来，你北坡那两亩麦子，秀平割了一少半，我割了一多半，算一个工；往场院里运麦子，秀平推车，我拉车，也算一个工。一个工一百块，多少钱你自己算。

喜田从口袋里掏出一沓钱，抽出两张，拍在贵生的炕上，调头就走。走出门口，喜田停下，回头对贵生说，咱谁也不欠谁，两清啦！

贵生"啪"地关上屋门。

喜田回到家时，秀平早炒好了几个菜，满屋子的香味。秀平看看喜田，再瞅瞅喜田的背后，说，贵生呢？咋没把贵生请来？

喜田把两瓶酒往炕桌上一蹾，脱鞋上了炕，"砰"地打开一瓶酒，倒了满满一杯，头也不抬地说，咱不欠他的了，请啥请？

秀平惊讶地说，咋就不欠啦？人家帮咱割麦时把手都割破了……

喜田端起酒杯，一仰脖，"吱溜"喝下去，抬手抹抹嘴巴说，老子在工地干一个工才八十块，他挣我一百块……好，也好！

咋会这样？咋会这样啊？秀平的心像被开水煮过，眼泪汪汪地看着窗外发呆。

屋外，雪花那个飘……

秋 香

傍晚，收拾好菜摊子，天空中飘起了细碎的雪花。

秋香推着三轮车往家走，路过街角那家新开的小卖部时，秋香看见有个八九岁的小女孩蹲在门口哭。秋香把三轮车停在路边，走过去对小女孩说："小妹妹，哭啥呀？是不是不听话，让爸爸妈妈给修理啦？"

小女孩摇摇头，抹把眼泪说："刚才，爸爸有事出去了一会儿。临走时，爸爸让我帮他照看一下小卖部。爸爸刚走，来了个叔叔，拿一百块钱买了一瓶酒，还有一根火腿肠……"

秋香笑笑说："哦，我明白了，是你算错了账，多给人家找了钱？"

"不是，我都上二年级了，不会算错的，是我收叔叔的那张钱是假的……"

"假的？"秋香一愣。

"爸爸回来后很生气，冲我又喊又叫，还动手打了我……"

这时，从小卖部走出一个胡子拉碴的男人，见小女孩还在抽抽答答，男人没好气地说："哭，哭，还有脸哭？屁大个工夫，你给我收一百块假钱，还有理了？一百块哩，老子要卖多少东西才能赚回来？"

秋香对男人说："大哥消消气，孩子还小，这事也不能全怪她，咱大人有时候还辨不清真假呢。上个星期，我不也收过一张假钱吗？现在还锁在抽屉里，做个警示。"

男人一脸苦相地说："一百块钱，对别人来说，也许不算啥，可搁我家就不一样了。不瞒你说，我老婆有病，是尿毒症，还等着钱做手术哩。这个小卖部，还是亲戚朋友凑钱帮着开起来的。你说，我能不急？"

秋香叹口气说："收已收了，急也没用。外面天冷，还下着雪，你看小妹妹的脸蛋都冻红了，快领孩子回屋去吧。"

男人尴尬地笑笑，拉起小女孩的手回了小卖部。

秋香回到家，一进门，看见男人二墩正在饭桌旁喝酒，桌子上还摆着根开了口的火腿肠。秋香心里一紧，赶忙走进里间屋。很快，秋香从里间屋探出头说："二墩，我抽屉里那一百块假钱呢？是不是你拿走了？"

二墩喝一口酒，吃一块火腿肠，腮帮子一鼓一鼓地说："我拿去花了……自从你收了这张假钱就没开心过，我看着难受……嘿嘿，这下好了。今天不是新年吗？正好，咱也改善改善，喝它几杯。"

秋香说："你是不是把钱花在街角新开的那家小卖部了？卖给你东西的是个八九岁的小女孩？"

二墩挠挠头，一脸得意地说："大人容易识破，孩子难辨真假，好出手嘛。不瞒你说，为花这一百块假钱，我在外头转悠了老半天哩。"

"转悠你个头，你作孽呀你！"秋香突然火了，跑过来拿起酒和火腿肠就走。

二墩呆了，嘟嘟囔囔说："你干啥去？"

秋香不吭声，头也不回地走出门去。

二墩紧跟着也出了门。

外面，雪花还在不紧不慢地下。远远近近，迎新年的鞭炮声"噼噼啪啪"响起来。

# 你是一头猪

二歪从麻将桌上下来时，月牙儿已挂在了树梢上。

走出三孬家院门口，二歪看见门边立把铁锹，就对送他出来的三孬说："孬哥，这把锹我带上，明天还你。"三孬说："咋？不就赢了二百块吗？还怕有人抢了你？"二歪说："这不回家好给媳妇个交代嘛，说咱浇地去了，嘿嘿。"

村子里很安静，静得连一声狗叫都没有。

走过街角，二歪突然停下了脚步。前面，三全家的院墙外，停着一辆三轮车。借着朦胧的月光，二歪看见有两个人正撅着屁股往车上抬什么东西，连抬几次，都没抬上去。半夜三更的，这两个人偷偷摸摸干啥呢？二歪脑子一转，明白过来。三全家……这不要破财啦？

二歪和三全房前屋后住着，俩人却向来不和，一个说东，一个道西，别着个劲儿，用村里人的话说，俩人尿不到一个壶里。狗日的三全，你也有倒霉的时候，老天有眼啊。这么想着的时候，二歪就径直走了过去。

走到近前，二歪看明白了。原来，这两个人在抬一头绑了四蹄的猪。

二歪干咳一声，把手里的铁锹往地上一杵说："你俩干啥呢？"

正在忙活的两个人一激灵，停在那里，傻子似的看着二歪。半天，小个子直起腰说："大哥，吓我俩一跳，嘿嘿……我俩在镇上开肉铺，这不，下午从前边那个庄买了这头猪，猪没绑牢，走到这里掉下来……我俩正往车上抬呢。"

"真的假的？"二歪朝三全家努努嘴儿，"偷这家的吧，啊？"

大个子慌了："大哥真会开玩笑。你看我俩像干那种事的人吗？不瞒你说，买这头猪，我俩可花了两千块哩。"

小个子掏出烟，恭恭敬敬给二歪递上一支："大哥，碰上你是我俩的福气，行个方便，帮帮忙吧。"

二歪接了烟，卡在耳朵上，却站着没挪窝。

大个子也说："大哥，就搭把手，帮我俩把猪抬上去好不好？"

二歪的脚生了根。

小个子明白了，从口袋里掏出手机和一沓钱，借着手机的亮光，抽出一张五十块的给二歪："小意思，大哥拿着买包烟抽，嘿嘿。"

二歪接过钱，屈指"梆梆"弹两下，装进口袋。"好好好，这阵子电视上不是说要学雷锋吗？老子今天也当一回活雷锋。"说完，二歪丢了铁锹，往掌心里吐口唾沫，晃了晃胳膊朝地上的那头猪弯下腰去。

大个子拧着猪耳朵，小个子揪着猪尾巴，二歪在中间，三个人一使劲，"嗨"地一声，猪便离了地。这当儿，二歪一歪膀子，顺势向上一扛，猪重重地落进车斗里。三轮车连晃几晃才站稳。

大个子发动了三轮车，小个子连滚带爬上了车斗。

"谢谢，谢谢大哥！日后去镇上，我俩请大哥喝酒！"小个子说。

二歪心里骂，喝酒？喝你娘个尿！镇上还有你俩这龟孙？

三轮车一步一个响屁地朝村口蹿去。

二歪拍拍手，冲着三全家那扇黑漆漆的大门啐了口唾沫。狗日的，明儿一早有你的好戏！

二歪掂起铁锹往自家走，心里好不美气。今天运气真不错，玩麻将赢了二百块，帮这俩龟孙抬猪又弄了五十块，呵呵，正好二百五哩……

来到自家院门口，二歪不经意地瞥一眼垒在院墙外头的猪圈。这一瞥不要紧，二歪的脑袋嗡的一下就大了。猪圈门大开着，媳妇辛辛苦苦喂大的那头猪不见了！

二歪掂着锹撒丫子去追，哪还有三轮车的影子？回家跟媳妇一说，媳妇指着二歪骂，你才是一头猪……

梨 花 箱

　　奶奶上山挖野菜，回来时滚了坡，两条腿就不能动了。

　　父亲把奶奶背到金先生家，金先生看过后说："人上了岁数不经摔，回家慢慢调养吧。调养得好，兴许能送个屎尿。"

　　奶奶的腿，被金先生判了死刑。

　　父亲又把奶奶背回家。奶奶原来住西屋，父亲的腿还没迈上台阶，背上的奶奶就喊："雷劈的，西屋照不了多少日头，你想让我早点死啊！我住北屋！"

　　父亲看看母亲，母亲说："就依娘。"

　　北屋是倒炕，离窗户远。奶奶说："给我弄张床，我睡窗口那边。"父亲和母亲"吭哧吭哧"从下房挪来那张老式木头床，摆在窗口前，铺好被褥，扶奶奶躺下去。奶奶很满足，很惬意的样子。奶奶似乎把指使父亲做这做那当成了乐趣，刚躺一会儿，奶奶又说："去，把我西屋那边的梨花箱搬过来。"

　　梨花箱是奶奶的陪嫁品，梨木做的，上面画着一朵朵梨花，煞是好看。梨花箱里没啥值钱的东西，全是奶奶打了补丁、磨成毛边的旧衣裳。破归破，旧归旧，可一件件洗得干净，叠得齐整。父亲搬来梨花箱，放到奶奶够得着的地方。奶奶闭上眼安静地睡了。

　　吃饭了，父亲端来玉米糁子糊糊。奶奶爱吃煮烂了的土豆块，父亲就多捞几块沉在碗底。奶奶一看父亲手里的稀饭，脸一板叫："雷劈的，你要饿死我吗？我不喝稀的，吃稠的……我吃玉米饽饽！"

　　父亲不敢还嘴，陪着笑端走稀饭。回到西屋，父亲一脸疑惑地对母亲说："咱娘以前不是这个样子，咋就不讲理了？"

母亲边做玉米饽饽边说："昨天咱娘还活蹦乱跳的，一下子不能动了，换你，心里能好受？她不拿捏你拿捏谁？"

母亲做好了玉米饽饽，父亲趁热给奶奶端过去。父亲搁下碗，扶奶奶起来，拉条板凳坐在奶奶床边。父亲想和奶奶好好说会儿话。

奶奶并不领情，瞪一眼父亲，凶巴巴地嚷："我吃饭，你看着，你让我怎么往下咽？几年的私塾白念啦？"

父亲灰了脸，急急地走开。从此，父亲再给奶奶送玉米饽饽，搁下碗就走，他怕惹奶奶不高兴。

转眼，几天过去。父亲发现了新问题，回来对母亲说："咱娘一顿两个玉米饽饽，一天吃两顿，咋越吃越没精神头了？"

母亲说："你快去请金先生来，可别憋出别的病来。"

金先生来了，进去得快，出来得也快。金先生看看父亲，又看看母亲，眼神怪怪的。金先生说："老人是不能干活了，可不能亏了老人的肚子啊。"

父亲一把掀开锅盖，锅里是照见人影的玉米稀饭。父亲涨红了脸说："我娘不喝稀的，吃稠的，我们匀出玉米面给她做饽饽，一天两顿饭，一顿两个饽饽，够壮劳力的伙食了，咋就亏了肚子？"

"那就好，那就好。算我没说。"金先生讪笑着，走出门去。

父亲瞅着金先生远去的背影，啐口唾沫说："呸，医术不行，毛病不少。"母亲说："要不，你后天跟队长请个假，送咱娘去镇里看看，千万别耽搁了。"

第七天一早，父亲借来毛驴车，拴在大门口。母亲刚好蒸出了玉米饽饽，父亲端着热气腾腾的饽饽走进北屋，进门就说："娘，吃饭了，吃完饭我们带你去镇里瞧瞧。"

没人应。

父亲往里一看，手一抖，碗"啪"地碎在地上，两个玉米饽饽轱辘轱辘滚到当地……

奶奶死了……

村里人都说，奶奶活着刚强，死也刚强，硬是没拖累父亲母亲几天。

出丧回来，父亲和母亲收拾北屋。挪开奶奶睡过的那张木头床，父亲一眼看见藏在床头下的梨花箱。父亲很懊悔，懊悔没把梨花箱随奶奶葬进坟里。

梨花箱打开，父亲和母亲惊呆了。里面没一件奶奶的旧衣裳，全是掰开晒干的玉米饽饽！

母亲含泪把饽饽拼了又拼，数了又数，一个不多，一个不少，正好二十四个。母亲低声啜泣："咱娘……她是饿死的呀！"

父亲抱着梨花箱，泪雨滂沱，长跪不起……

马 兰 花

大清早，马兰花从蔬菜批发市场接了满满一车菜回来。车子还没扎稳，邻摊卖水果的三孬就凑过来说："兰花姐，卖咸菜的麻婶出事了……"

马兰花一惊："出啥事啦?"

三孬说："前天晚上，麻婶收摊回家后，突发脑溢血，幸亏被邻居发现，送到医院里……听说现在还在抢救呢。"

马兰花想起来了，难怪昨天就没看见麻婶摆摊卖咸菜。三孬又说："前天上午麻婶接咸菜钱不够，不是借了你六百块钱吗? 听说麻婶的女儿从上海赶过来了，你最好还是抽空跟她说说去……"

整整一个上午，马兰花都提不起精神来，不时地瞅着菜摊旁边的那块空地发呆。以前，麻婶就在那里摆摊卖咸菜，不忙的时候，就和马兰花说说话，聊聊天。有时买菜的人多，马兰花忙不过来，不用招呼，麻婶就会主动过来帮个忙……

中午，跑出租车的男人进了菜摊。马兰花就把麻婶的事跟男人说了。男人说："我开车陪你去趟医院吧。一来看看麻婶，二来把麻婶借钱的事跟她女儿说，免得日后有麻烦。"

马兰花就从三孬的水果摊上买了一大兜水果，坐着男人的车去了医院。

麻婶已转入重症监护室里，还没有脱离生命危险。门口的长椅上，麻婶的女儿哭得眼泪一把，鼻涕一把。马兰花安慰了一番，放下水果就出了医院。男人撵上来，不满地对马兰花说："我碰你好几次，你咋不提麻婶借钱的事?"

马兰花说："你也不看看，这是提钱的时候吗？"

男人急了："你现在不提，万一麻婶救不过来，你找谁要去？"

马兰花火了："你咋尽往坏处想啊？你就肯定麻婶救不过来？你就肯定人家会赖咱那六百块钱？啥人啊？"

男人铁青了脸，怒气冲冲地上了车。一路上，男人把车开得飞快。

第二天，有消息传来，麻婶没能救过来，昨天下午死在了医院里。麻婶的女儿火化了麻婶，带着骨灰连夜飞回了上海……

男人知道后，特意赶过来，冲着马兰花吼："钱呢？麻婶的女儿还你了吗？老子就没见过你这么傻的女人！"

男人出门时，一脚踢翻一只菜篓子，红艳艳的西红柿滚了一地。

马兰花的眼泪在眼眶里打转转。

从此，男人耿耿于怀，有事没事就把六百块钱的事挂在嘴边。马兰花只当没听见。一天，正吃着饭，男人又拿六百块钱说事了。男人说："咱都进城好几年了，住的房子还是租来的。你倒好，拿六百块钱打了水漂儿……"

马兰花终于憋不住了，眼里含着泪说："你有完没完？不就六百块钱吗？是个命……就当麻婶是我干妈，我孝敬了干妈，成了吧？"

男人一撂碗，拂袖而去，把屋门摔得山响。

日子水一样流淌。转眼，一个月过去。

这天，马兰花卖完菜回到家。一进门，就看见男人系着围裙，做了香喷喷的一桌饭菜。马兰花呆了，诧异地说："日头从西边出来啦？"

上小学二年级的女儿嘴快，说："妈妈，是有位阿姨给你寄来了钱和信……爸爸高兴，说是要犒劳你的……"

马兰花看着男人说："到底咋回事？"

男人挠挠头，嘿嘿一笑说："是麻婶的女儿从上海寄来的。"

"信里都说了些啥？"

男人从抽屉里取出一张汇款单和一封信，说："你自己看嘛。"

马兰花接过信，就着灯光看起来：

兰花姐，实在是对不起了。母亲去世后，我没来得及整理她的东西，就大包小包地运回上海。前几天，清理母亲的遗物时，我意外地发现了一个小本本，上面记着她借你六百块钱的事，还有借钱的日期。根据时间推断，我敢肯定，母亲没有还过这笔钱。

本来，母亲在医院时，你还送了一兜水果过来，可你就是没提母亲借钱的事……还好，我曾经和母亲到你家串过门，记着地址。不然，麻烦可就大了。汇去一千元，多出的四百块算是对大姐的一点补偿吧……还有一事，我听母亲说过，大姐一家住的那房子还是租来的。母亲走了，房子我用不上，一时半会也卖不了，大姐如果不嫌弃，就搬过去住吧，就当帮我看房子了……钥匙我随后寄去……

马兰花读着信，读出满眼的泪水。

# 麦 客

一大早，爷爷就拎把镰刀出了门，再进门时，领了个麦客回来。

麦客是揽工割麦的。母亲做好了早饭，一看爷爷身边的麦客，惊讶地"咦"一声，皱着眉头说："爹，咋是个孩子啊？"

爷爷晃了晃手里的镰刀，嘿嘿一笑说："别看人小，本事不小。刚才我领他到麦地里蹓一圈，试试身手，一点不孬。"

父亲和母亲都是割麦的好手。以前，我家从不雇麦客。可今年麦子黄时，一向身强体壮的父亲病倒了，腰痛得站不起身来；小叔领着父亲去了县医院，查不出结果，又去了省医院。爷爷老了，割不动麦子；小婶教书，脱不开身。两家的麦地有四十几亩，靠母亲一个人是无论如何也割不完的。母亲跟爷爷商量了半天，才决定雇个麦客……

吃过早饭，母亲领着小麦客下了地。中午回来，母亲惊喜地连声称赞："果然不孬，连我都撵不上，不是他的对手哩。"

母亲做饭，小麦客也不闲着，一会儿到院里提桶水，一会儿帮母亲烧火。闲谈中，母亲知道，小麦客满十九了，家在甘肃陇南一带，父母已去世多年，家里还有七十多岁的爷爷奶奶。小麦客两年前就离开了学校，跟着村里人过黄河，一路向东来我们这边当麦客。

麦子割到一半时，小叔从省城匆匆赶回来。父亲要做手术，他是回来取钱的。母亲七凑八凑，卖了一头猪，才凑了三千块。送走小叔，母亲拿着剩下的四十块钱对小麦客说："我家男人要做手术，家里拿不出雇麦客的钱了……这是你的工钱，拿着。你另找一家雇主吧。"

小麦客没接钱，一脸诚恳地说："大嫂，你家麦子熟透了，不能再扛了，就让我帮你割完吧，工钱可以先欠着……"

母亲一愣："欠着？"

母亲不知道陇南在哪里，但母亲明白陇南离我们这里一定很遥远，隔山隔水的远。母亲说："欠账没有欠这么远的呀！"

小麦客说："我明年还来，到时我登门来拿……"

母亲断然地摇摇头。

一旁的爷爷说："哪有半道打发麦客的理儿？留下吧。工钱的事我想办法。舍下这张老脸，还愁借不到几十块钱？"

爷爷借钱去了。鸡卵大个村子，东家三块，西家五块，总算凑够了小麦客的工钱。

小麦客要走。母亲起个大早，烙了香喷喷的鸡蛋葱花饼。母亲去喊小麦客，连喊几声没人应。推开房门一看，里面空荡荡的，小麦客早走了。更让母亲惊愕的是，叠好的被子上有一沓钱，正是母亲昨晚交给小麦客的八十块工钱……

母亲抓着钱跑出门去，问遍了村里早起的人，都说陇南麦客们鸡叫头遍就结伴出了村，这会儿怕是到镇上的车站了。母亲呆呆地站在村口，一阵晨风拂过，吹落母亲满眼的泪水。

第二年，麦客没来。

第三年，麦客还是没有来。

小婶说，麦客的老家这几年也好起来了，男人们不用出门当麦客了。母亲听后，有几分欢喜，也有几分失落。

一晃，三十年过去。母亲已是快六十的人了，还是常常念叨起当年的那个小麦客。母亲说："他也奔五十的人了，该是老婆孩子一大家了吧？"母亲还说："不知道他还记不记得咱家？还记不记得咱欠他八十块工钱……"

前年，甘肃陇南发生泥石流，伤亡惨重。那些日子，母亲坐在电视机前，看着一幕幕令人揪心的画面，老泪纵横。

我回城的头天晚上，母亲突然问我："城里有没有捐款的地方？"我说："有，到处都是。"母亲翻箱倒柜找出个旧存折交给我。母亲说："替我捐了吧。"我一看，存折上只有八十块钱，存期已经三十年。我明白了，这不就是当年我们家欠小麦客的工钱吗？这些年来，我们家也苦过、难过，可母亲硬是没动这份钱。只是当年的八十块，现在已变成了六百元。

回城后，我添了四百，凑足一千元，郑重地捐给了甘肃陇南灾区，是以母亲的名义……

父亲的车祸

　　一大早，乡下大姐给我打来电话说："兄弟，快回来一趟吧，咱爹出车祸啦！"我的头"嗡"地大了，手抖得握不住电话。平静了一下，我对大姐说："大姐，慢慢说，咱爹到底怎么啦？"大姐说："昨天下午，咱爹骑车到地里看庄稼，回来时，被村里老周家二儿子开的四轮车轧断了一条腿……"我说："好，我马上回去！"

　　挂了电话，我打车直奔镇医院。等我看到父亲时，父亲正躺在医院的病床上，脸色煞白，腿上打着石膏。

　　父亲睡了。我看看四周，除了母亲、大姐和弟弟外，没见到老周家一个人。我不由得火冒三丈："老周家的人呢？死光了？咋一个不露面？"

　　母亲看看父亲，又看看我，压低声音说："老周他来过了，送来五千块钱……你爹只收了一千块，说地里活忙，就打发人家回去了。"

　　我说："凭啥呀？车祸是他们弄的，所有的费用都应该由他们来出！"

　　父亲醒了，冲我摆摆手说："这件事说起来我也有责任。都怪我年纪大了，腿脚不利索，才倒在人家车轮下的……"

　　我不理会父亲，瞪着弟弟说："爹糊涂，你也糊涂吗？为啥不报警？"

　　弟弟小声嘟囔："我想报，爹不让。"

　　"这件事就不要再吵吵了，到此为止吧。"父亲说，"医生说了，我的腿能接上，大不了走路有点跛……爹老了，跛不跛的也没啥关系的。"

　　父亲的脾气我知道，他决定了的事儿谁也更改不了。可我心里堵得慌，这事就这么结了，我不甘心啊。

　　父亲有意岔开话题问我："你们在城里的生意还好吗？"我点点头："好，就是有点苦，起早贪黑的。"父亲说："不吃苦哪来的钱赚？爹知道，你们两口子在城里也不容易，孩子上学也费钱。这里有你娘他们呢，你那边忙就回去吧。等爹出院时你再来。"

我呆了一晚上，第二天就匆匆返回城里。

父亲出院那天，我早早打车赶到镇医院。回村的路不好走，父亲的腿刚好，怕颠簸，我准备让他坐出租车回家。办好出院手续，我们正帮父亲收拾东西，病房的门开了，进来的是老周。父亲喜上眉梢，笑眯眯地说："老周，你咋来啦？"

老周说："听说你今天出院，我担心坐别的车路上颠簸，就赶了牛车来接你。"

我斜一眼老周，嘴一撇说："你们可真会来事儿。"

"说啥呢？"父亲瞪我一眼，一脸的不快，"你回城吧。牛车好，牛车稳当……爹就坐你周叔的牛车回去。"

一天，父亲突然打来电话，喜滋滋地告诉我说，老周家昨天托媒人上门，要把他们家的女儿嫁给我弟弟。我一听，自然高兴。老周家的女儿我知道，跟弟弟是很般配的一对儿。再说，弟弟也老大不小了，是该成个家了。只是让我没有想到的是，老周家会主动上门来提亲。

弟弟结婚的那天，父亲特别高兴，跛着一条腿挨着桌子给客人们敬酒。

等客人们散去，父亲把我叫到东厢房。桌上摆着半瓶酒两盘菜。父亲说："咱爷俩好些日子没在一起了，趁这个机会，咱喝它几杯，说说心里话。"

我说："你的腿刚好，少喝点吧。"

父亲嘿嘿一笑说："今天爹高兴，就几杯。"

我倒满两杯酒，一杯给父亲。父亲抿一口酒，看着我说："这人啊，还是把眼光放长远点好，啥事都别做得太绝了……"

我一愣。父亲又说："你看，咱当初要是跟老周家闹掰了，你弟弟能娶到这么漂亮能干的媳妇吗？"

我一时语塞，忙端起酒杯说："爹，儿子敬你！"

三 伏 天

三伏天，晌午的日头正毒。

矮五一头大汗从派出所回来，刚进门，媳妇就问："矮五，牛呢？咱家的牛呢？"

矮五舀一瓢水，"咕咚咕咚"灌下去，抬手抹抹嘴巴说："在派出所里。"

"你咋不牵回来？"

矮五说："派出所说要开个庆功会，要我开会那天再去牵。听说县公安局要来，各乡派出所要来，电视台也要来……"

媳妇不高兴了，耷拉着脸说："不就追回头牛吗？这也是他们分内的事儿，还开啥庆功会？派出所真能扯淡！"

矮五把瓢往缸里一丢，"啪"地溅起一串水花。矮五说："说啥话呢？咱家的牛丢了好几天找不到，要不是人家派出所帮忙，骨头都熬油了。人家开个庆功会，一来给派出所壮壮脸儿，二来给那些不干正事的人敲敲警钟，有啥不好？"

媳妇又说："庆功会啥时开？"

矮五摇摇头："这倒没说，好像要等县公安局的消息。不过，派出所留了咱家的电话，说啥时开会就通知我……我就不下地了，在家等电话哩。"

"那你等吧。"

矮五挪来下房那把木头椅子，搁到家里的电话旁，往上面一坐，一心一意等起电话来。

两天过去了，电话没响；六天过去了，电话哑着。矮五坐不住了，瞅着电话自言自语说："日怪，这电话咋就不响呢？"

这天中午，正在烧饭的媳妇突然问矮五："矮五，你那天去派出所认牛，见没见派出所的人割草？"

"割草？"矮五一下子没反应过来，挠挠头说，"你这话不靠谱，派出所的人割啥草啊？"

媳妇说："你猪脑子啊，咱家的牛又不是拖拉机，哪顿不吃草？"

经媳妇这么一说，矮五慌了。是啊，都七八天了，牛吃啥呢？他家的那头牛嘴刁，吃草也是挑三拣四的，媳妇说那是他给惯下的臭毛病。那天，矮五去派出所认牛的时候看到了，他家的牛就拴在派出所后面的大院里，里面空荡荡的，别说是草，连根鸟毛都没有。矮五说："不行，我得去看看。"

于是，矮五午饭也没吃，拎把镰刀就出了门。

出村不远，迎面碰上了村主任。村主任站下，抹把头上的汗说："矮五，这热死人的天，你拎把镰刀干啥去？"

矮五说："我家的牛在派出所七八天了，不知吃的啥，也不知吃饱吃不饱，我得割捆青草去喂喂。"

村主任从腰里搜出一根牛缰绳说："矮五，你不用去了，我刚从派出所回来，你家的牛前天晚上就死了……你看，我给你带回来牛缰绳。"

矮五傻了眼，两腿一软，蹲在地上。

村主任说："矮五，你没事吧？"

矮五呜呜哭出声来："牛啊，我的牛啊……"

"哭哭，瞧你那熊样，你哭丧啊你！"村主任骂。

矮五不哭了，抹把泪从地上挪起来。

村主任从口袋里掏出一沓钱，"哗哗"甩两下，说："这是派出所赔给你的牛钱，三千块哩！就你家那头烂蹄子牛，两千块都没人要，多亏这是公家的事儿……矮五，你就偷着乐吧！"

矮五却乐不起来，接了钱，蔫蔫地往家走。

三伏天，头顶的日头正毒……

太阳花开

　　夏天到了，门前的太阳花开了，开得金黄，开得热烈。紫儿坐在门口的小板凳上，一看半天。紫儿喜欢太阳花……

　　紫儿八岁了，还没有上学。奶奶说，紫儿有心脏病，上不得学。

　　紫儿从一生下来，嘴唇就是紫的，还动不动爱感冒。一感冒，高烧就不退。四岁时，爸爸妈妈抱着紫儿去了医院。医生说，孩子得的是先天性心脏病，这个病可以做手术，但手术需要很大一笔钱。爸爸妈妈没有钱，就抱着紫儿回了家。回家后，爸爸妈妈就吵，三天两头地吵。吵来吵去，妈妈受不了，在一个漆黑的夜晚离家出走。后来，爸爸说是去找妈妈，一走再也没有回来。

　　紫儿就像石头缝里的一株草，顽强地生长着。转眼，紫儿八岁了。八岁的紫儿很懂事。紫儿知道，这事都怪她。要不是她得了这个该死的病，爸爸妈妈也不会离开这个家；她也会像别的孩子那样，背着书包高高兴兴地去上学。

　　上学多好啊！可紫儿每天只能陪在奶奶的身边，最多帮奶奶撵个狗，喂个鸡……

　　一天，学校新来的宋老师路过紫儿家。看见喂鸡的紫儿，宋老师停下脚步说："小姑娘，咋不去上学啊？"

　　不等紫儿回答，旁边的一个小男孩说："老师，她有心脏病。你看，她的嘴唇都是紫的……不能上学。"

　　另一个小女孩说："就因为她有心脏病，连爸爸妈妈都不要她啦。她只能跟奶奶过。"

　　宋老师"哦"一声，然后问紫儿："你想上学吗？"

紫儿坚定地点点头："想!"

宋老师又问："你能走着去学校吗?"

紫儿回答得很干脆："能!"

宋老师说："你跟奶奶说,明天就来上学。我教一年级,你就进我的班。"

宋老师对紫儿好。为了照顾紫儿,宋老师特意把紫儿的座位分在第一排。紫儿也很喜欢宋老师,在她的心里,宋老师就是她的亲妈妈。

转眼,紫儿上二年级了。紫儿很用功,回回考试拿第一。宋老师高兴,奶奶高兴,紫儿也高兴。可是有一件事让紫儿高兴不起来。紫儿的心脏病越来越重,走路走得快了,急了,都要大口大口地喘气,胸口也疼得要命。以前,她从家里到学校,只用二十分钟,现在要用一个小时……

这天,快放学的时候,宋老师当着全班同学的面,喜滋滋地对紫儿说:"老师把你的情况写信告诉了省红十字会,红十字会的车明天就来,要接你去省城,免费给你做手术……"

同学们欢呼。紫儿的心里,"呼啦啦"盛开一朵朵太阳花。紫儿流着眼泪说:"老师,做了手术,我就跟别的同学一样了,是不是? 我的爸爸妈妈也就会回来了,是不是?"

宋老师眼里闪着泪花,不住地点头:"是是是,当然是!"

放学后,紫儿第一个走出教室。紫儿太高兴了,她要把这个天大的好消息尽快告诉奶奶,也让奶奶高兴高兴。

紫儿恨不能插上一双翅膀,一下子飞到奶奶身边。

紫儿越走越急,越走越快……

路边的太阳花像一张张笑脸,芬芳灿烂。紫儿走着走着,突然两眼一黑,一头栽倒在地。惊得树上的鸟儿四散飞去。

等宋老师领着奶奶和同学见到紫儿时,却再也唤不醒紫儿了。

紫儿走了,脸上带着笑,宛如太阳花开……

 # 麦子黄了

立过秋，地里的麦子就黄了。

大清早，贵平挑一担水回来，看见娘正在西屋门口择韭菜，贵平张了张嘴，没吭声，挑着水进了屋。贵平放下扁担，拎起一桶水，哗，倒进缸里，说："都啥时候了，大嫂咋还不来接娘？"

媳妇麦香正在和面，一下一下，揉得有力。贵平拎起另一桶水，哗，也倒进缸里，又说："一会儿咱还下地割麦哩……"

"咱走咱的，娘拉咱的手了？拽咱的腿了？"麦香和好面，找块笼布蒙了，搓着手朝门口走，贵平也跟着出了屋。

麦香从窗台上拿起两把镰刀，回头对贵平说："你头里走，我和娘说个话。"贵平站着没动："咱一块儿走。"麦香走到西屋门前，对婆婆说："娘，我们下地割麦去了，一会儿我大嫂要是来接你，走的时候，你把院门锁好就成。我大嫂要是不来，你就别过去了，我发了面，晌午咱吃韭菜猪肉馅包子。"

婆婆说："好好，地里活忙，你们走吧。"

麦香和贵平一前一后朝院门口走。刚到门口，咣的一声，大门被踹开。大嫂冷着一张脸从外面进来。麦香说："哟，是大嫂，还没下地？"

大嫂鼻子不是鼻子脸不是脸地说："下啥下？你霸着婆婆不让上我家，这一大早的饭没做，猪没喂，孩子没人带，我咋下地？"

贵平一听，火了，黑着脸说："咋说话呢？"

"我说得不对吗？当初咱可是说得好好的，婆婆轮流住，一家半个月。今天是不是该轮我家了？你媳妇能把婆婆接过来，就不能给送过去？啥意思啊？"

麦香说："大嫂，说句你不爱听的话，婆婆我是能接过来，可我真的不能给送过去，这不是一回事啊！"

大嫂啐口唾沫："我没文化，没你那么多花花肠子。咋就能接不能送了？是你留着婆婆帮你干活吧？婆婆现在啥都能干，等干不动了，我叫你摆谱……小的不说，这老的也是，一样的儿子，一样的媳妇，咋不一碗水端平啊？"

"老大媳妇，别吵吵了好不好？我走，我这就跟你走……"婆婆不知啥时候站在西屋门口，手里还多了个小包袱。

婆婆走得急了，步子迈得大了，一脚踩空，从高高的石头台阶上摔下来。麦香惊叫一声，丢了镰刀跑过去抱着婆婆说："娘，摔着哪了？你摔着哪了啊？"

婆婆疼出一头的汗，抓着麦香的手，试了几次，都没站起来。婆婆眼里滚出泪说："娘老了，不中用了，连个台阶也不会下……娘的腿，怕是折了……"

随后赶来的贵平说："不会吧？娘，你别吓唬人。你看，地里的麦子都黄了，耽搁不起哩……"

院门口的大嫂没挪窝，冲这边说："婆婆可是在你们家摔的，跟我没半点关系。老二家的，半个月前你从我家接走婆婆时，可是好胳膊好腿儿的。这要是摔坏个一件半件，我可不要！"说完，大嫂一转身，扭着屁股出了院门。

"呸！"贵平咬着牙骂，"真不是个东西！"

麦香腾出一只手，抹把头上的汗，扬脸对贵平说："你还愣着干啥？快去发动拖拉机，送咱娘上医院！"

贵平走了几步，又折转回来，挠着头说："要不……我找大哥商量商量？"

"商量你个头！"麦香突然火了，冲着贵平喊，"娘就算瘸了，拐了，咱养不起吗？养儿多少，顶个屁用！"

麦香的眼泪"哗哗"往下淌……

阮家老三

阮家老三又叫软三，是我们村阮妈的三儿子。

软三从小就软，手软腿软，脖子也软，头总是向前探着，螳螂一般。软三走路一扑一扑的，左冲右突，样子很滑稽，也很吓人，远远地看，像个小醉鬼。小时候，软三没一个伙伴，还常遭同龄孩子的欺负，就连他那两个哥哥也不愿跟他一起玩，哥俩也要面子，嫌软三丢人。

软三时常坐在自家门前的旧碾盘上，弓腰缩背，像只抱窝的老母鸡，探着头看远处的田野，看天上的云彩。田野绿了黄了，云彩淡了浓了，看着看着，软三就把自己看成了一个十五岁的小小少年。

十五岁的阮家老三没啥变化，依旧是软胳膊软腿儿，走路的样子依旧很滑稽，依旧很吓人。

是秋天，收获的季节。阮妈领着软三的两个哥哥去掰玉米，临出门时，阮妈一再叮嘱软三别乱跑，乖乖在碾盘上待着，饿了渴了就回家。可中午回来，却不见了软三，碾盘上没有，屋里也没有。阮妈疯了似的去找，问遍了村里人，都说没看见。

阮妈顿时哭成个泪人儿。

哭过，阮妈央求软三的大哥二哥再出去找找。软三的大哥绷个脸说："找啥找？丢了更好。"二哥随声附和："就是就是，丢了还少个累赘哩……"

"放你娘个屁！他可是你们的亲兄弟呀！"怒不可遏的阮妈跳起来，啪啪，赏给两个儿子一人一耳光。

下午，阮妈也不去地里掰玉米了，抹着眼泪找软三。沟沟岔岔，河弯渠道，该找的地方都找遍了，就是不见软三的踪影。阮家老三就像屋顶上的一缕烟，飘了，散了。

有人劝阮妈说："别找了，软三活着遭罪，别人跟着也遭罪，丢了也好。"

不是你身上掉下来的肉，你当然不心疼。这话阮妈是说给自己的。阮妈瘦了一圈儿，刚过五十的她，一夜之间头发就全白了。

太阳照常东升西落，月亮照常圆了又缺。

一晃，十几年过去。阮妈老了，干不动活儿了，两个儿子已另立了门户，可谁也不肯管阮妈。阮妈就伤心落泪，哀叹自己的不幸。好歹养了三个儿子哩，咋没一个孝顺的呢？肚子白疼了……阮妈就背个蛇皮袋，到镇上去捡破烂。

那天，已是傍晚，四野寂静，夕阳把村子镀上一层金。阮妈捡破烂回来，还没进门，就见一辆出租车停在自家的破墙烂院前。车门打开，从里面拱出一个人，软胳膊软腿儿，好半天都站不利索。阮妈看呆了，讷讷地说："软三，是你吗？"

软三一扑一扑走过来："娘，是我，我是你的儿子软三啊。"

阮妈的眼泪流了又擦，擦了又流："这些年你都到哪里去了？娘还以为你死了呢。"

软三说："我在城里讨生活。娘，我还没给你尽孝哩，咋能死呢？阎王爷他也不敢收我。"

回了堆满破烂的屋里，阮妈要烧火做饭，软三摆摆软手，从吊在胸前的帆布口袋里掏出一沓钱，抖抖索索捧给阮妈，呜呜噜噜地说："娘，以后别捡破烂了，有我呢，我给你养老！"

门外出租车的喇叭"嘀嘀"响两声，是催软三的。软三说："娘，我不能陪你了，我还得走……记住，以后千万不要再去镇上捡垃圾了，镇上车多，我不放心……我会每年给你送钱来。"

阮妈抓着软三的手不放："别走了，陪娘过几天安稳日子，好不好？"

软三说："娘，不行啊，我还得回城讨生活哩。你不知道，我软三也是肩上有担子的人，上有老，下有小啊。"

软三的话，把阮妈听得一愣一愣的。

软三帮阮妈擦去脸上的泪："娘，是这样的，我一个大哥的女儿考上大学，大哥他没本事供不起，我就帮他一块儿供。那女孩心善，非逼我认她做女儿……嘿嘿，娘你说，我这不是上有老，下有小吗?"

出租车喇叭又响了两声。软三扭转身，晃动着软胳膊软腿儿，一扑一扑出了门。

火红的夕阳把阮家老三的身影拉得好长好长……

三 棵 树

丫头的大嫂过门没半年，就吵着闹着要分家。树大分权，儿大分家，分就分吧，寡妇娘也没辙。米缸面缸抬了去，掉了几块漆的红木柜搬了去，圈里的三只羊，一鞭子吆了去。大嫂请来伐木人，要放倒院里的三棵树。三棵树是丫头的爷爷栽下的，两抱粗，上面结了几个喜鹊窝。娘"扑通"跪在地上："家里没啥东西了，这三棵树，就留给丫头吧……"

那时，丫头十六岁，在城里读高中，是村里唯一一个把书读到城里的女孩子。

星期天，丫头从学校回来，看着空空的土屋和一下子苍老了的娘，丫头抱着树干嚎啕大哭。

娘说："丫头，别上学了，回家跟娘种地吧。种地饿不死人。"

丫头倔，丫头一抹眼泪说："偏不，我还要考大学，我丫头说到做到！"

娘说："上大学不要钱？"

丫头说："我有三棵树，三棵树就是我的钱。"

丫头真的考上了大学。那时候，家家日子还不宽裕，但乡亲们厚道，你二十他三十地把钱送来。丫头不接，一一挡了回去，丫头说："大叔大婶的情我领了，我不能欠乡亲们太多……"

娘说："你不上学了？"

丫头说："你甭管，我自有办法。"

开学前几天，丫头去了村里的德叔家。德叔在农机站当站长，家里开着小卖部，日子过得比一般人家殷实得多。更重要的是，爹在世时，跟德叔是最要好的弟兄。其实，在丫头收到大学录取通知书的时候，德叔就给丫头准备了一千块钱。德叔笑眯眯地说："钱我可以借给你，但你啥时还我呀？"

丫头说："不是借，是贷，就按银行的利息算。等我大学毕业参加工作后，我连本带利一块儿还。"

德叔还想逗逗丫头，德叔说："银行贷款还讲个财产抵押呢，你拿啥给我做抵押？"

丫头拉着德叔的手出了屋，用手一指她家院里的三棵树说："我有三棵树，我就拿三棵树做抵押。"说完，丫头掏出早就准备好的纸和笔，哗哗哗，写了抵押单，交给德叔。

德叔笑了，笑得满眼都是泪。

丫头上了大学。上了大学的丫头从来不敢回家。除了舍不得那几块钱的路费，丫头还得自己挣学费，挣生活费。丫头到图书馆帮过工，到饭店洗过碗，啥来钱干啥。有同学问："你家里没钱供你？"丫头说："有，我有三棵树……"

丫头大三时，不得不回家一趟。大哥在一家煤矿挖煤，死于矿难，矿上只给了很少的一点钱，少得离谱。丫头找到矿长，拍着桌子和矿长讲道理。矿长熊了，按规定赔了款。拿回赔偿金，大嫂取出两千块，要给丫头。大嫂说："以前都是我不好，我对不起丫头妹妹。钱你拿着，你是大学生，就不要那么辛苦了。"

丫头把钱挡回去。丫头说："我还年轻，吃点苦受点罪是好事。这钱是我大哥拿命换来的，就留着给侄儿上学用……"

转眼，丫头大学毕业了。那时候，大学生很抢手，是香饽饽，丫头就被分配到市政府上班。领到第一笔工资，丫头回了村。丫头找到德叔，要赎回当年的抵押单。德叔说："啥抵押单？我早扔了。"丫头吃惊地说："那……我的三棵树？"

像当年丫头拉着德叔一样，德叔拉着丫头的手出了门，用手一指丫头家的那三棵树说："三棵树，本来就是你的。"

丫头要接娘进城。临走时，邻居说："你娘这一走，恐怕再也不会回来了。土屋和三棵树不如卖了的好……"

丫头看着土屋，抚着树干说："土屋是我的家，三棵树是我的根……

我怎么舍得卖啊？留着吧。"

　　一晃，几十年过去。土屋已日渐斑驳，倒是那三棵树长得枝繁叶茂，绿阴如盖，成了村里的一景。

　　前年，有人相中了那三棵树，愿出大价钱买下来。那人打电话给丫头，问丫头愿不愿意卖，被丫头断然拒绝。

　　如今，已是副市长的丫头，无论工作多忙，每年都要抽空回村一趟，看看父老乡亲，看看她的三棵树……

李 大 嘴

我们村的李大嘴，是个能人，能掐会算赛半仙。比如，谁家丢了牛，谁家丢了马，去找李大嘴，李大嘴掐指一算，准能告诉你牛马丢在什么地方；你照着李大嘴指定的地点去找，一找一个准儿。久而久之，李大嘴的名气越来越大。

李大嘴年轻的时候不学好，常干点偷鸡摸狗的勾当。二十五岁那年，因为参与盗窃村里的变压器，被判过五年刑。刑满释放后，爹死了，娘嫁了，李大嘴就成了孤家寡人。好在李大嘴有了这本事，是不会饿肚皮的。李大嘴给人掐算，从不开口要钱，给多少算多少，但是有一样，必须得好酒好菜伺候着。李大嘴好吃，他的这个名字便由此而来。

今年春天，二孬家的一只波尔山羊丢了。

波尔山羊是县里扶贫给牵来的，价格不菲。更重要的是，山羊还怀着崽呢。二孬和老婆找了两天没找到，急得嘴起泡，尿黄尿。

邻居三秋对二孬说："你咋不找李大嘴给掐算掐算啊？"

二孬一拍大腿："对呀，我咋把这茬给忘了？"

于是，二孬屁颠屁颠把李大嘴请到家里来。

李大嘴盘腿坐在二孬家的炕头上，问明二孬丢羊的详细过程，然后闭了眼，如老僧入定，嘴里念念有词，把一旁的二孬和老婆看呆了。半天，李大嘴睁开眼，用手一指窗外冲二孬说："出村往东二里地，有座破砖窑，你家的波尔山羊就在里面！"

谢天谢地，羊总算有了下落。二孬忙喊来星期天回家的儿子，让他去砖窑牵羊，然后吩咐老婆杀鸡打酒，他要和李大嘴好好喝几杯。

二孬的儿子叫小满，是个在读的高中生。小伙子不信邪，他不相信李大嘴坐在他家炕头上就能知道山羊的下落。可是，等他去了村东头的破砖窑，走进去一看，呆了——他家的波尔山羊果然拴在里面。

小满牵着羊，一边往外走一边皱眉头。出了砖窑，小满心里一亮，有了主意。

小满看看四周无人，赶忙把山羊牵到河对岸的那片小树林里，找个草好的地方拴好，然后一溜小跑回了家。

这时，二孬正陪着李大嘴喝酒呢，喝得酒兴正浓。一盆鸡肉已啃去大半，两瓶二锅头也快见底儿了。

看见小满气喘吁吁地跑回来，二孬一愣，"呸"地吐出一块鸡骨头问儿子："羊呢？咋不把羊牵回来？"

小满哭丧着脸儿说："牵啥牵？砖窑里压根儿就没有咱的山羊。"

李大嘴已喝得半醉，一听小满的话，两眼一瞪，"啪"地一拍桌子说："咋会没有哩？不可能！老子明明把羊牵到砖窑里……"

竞　选

　　年底，吴桥村的换届选举工作已经拉开了帷幕。

　　竞选村主任的两个人，一个是刘大顺，另一个是马四海。刘大顺是上一届的村主任，为人正直，不贪不占，在他任职期间，虽说没干出什么大的成绩，但在村民们中还是有口碑的。马四海是村里的首富，这几年在城里搞建筑，赚了不少钱。对于这次竞选，刘大顺看得要淡一些，始终抱着顺其自然的态度。而马四海就不同了，大有成竹在胸，志在必得的架势。

　　投票选举的前两天，马四海突然来到刘大顺家。这个时候登门，多少有点挑战的味道。

　　按照村里的辈分，刘大顺是长辈，马四海恭谦地递了一支烟给刘大顺，并给点燃了。"叔，跟你商量个事。"

　　刘大顺猛吸一口烟，看了看马四海，点一下头："你说。"

　　"过两天就要投票了，对于这次的竞选结果，我不说，叔你心里也明白。嘿嘿，听我一句话，你就弃权吧。"

　　刘大顺"哦"一声，不急不火地看着马四海。马四海赶忙补充说："当然，我不会让你白白弃权的，我给你钱，你干还是不干？"

　　刘大顺扭脸看了看窗外，不吭声。

　　马四海说："叔，只要你肯弃权，我出五万！"

　　刘大顺的嘴角动了动，还是不吭声。

　　马四海急了："我加三万，八万可以了吧？"

　　刘大顺吐个烟圈儿，很悠闲地看着一层一层的烟圈儿飘过头顶，袅袅散去。马四海心里说，好你个刘大顺，浪得不贪不占的虚名，其实够狠了。马四海一咬牙说："再加两万，我出十万！"

刘大顺终于开了口，呵呵一笑说："嗯，够了够了。"

马四海淡然一笑说："叔你也知道，咱村不就二百张选票吗？我要花钱买下这些选票，每张按五百块来算，正好十万……可我觉得那样太麻烦，倒不如用这十万买你的弃权票……"

刘大顺掐灭烟头，丢到地上，狠狠地碾上一脚："好，成交！"说完，背着手从屋里踱到屋外。此时，天空愈发阴沉得厉害。

几天后，选举结果出来，马四海毫无悬念地当上了村主任。

新官上任三把火，马四海正绞尽脑汁地想着这头一把火从哪儿烧起时，刘大顺来了。

刘大顺是带着那十万块钱来的。当刘大顺把钱拍在马四海面前时，马四海着实吓了一大跳。

"叔，你……你这是干啥？"马四海结巴着说。

刘大顺笑眯眯地看着马四海说："我来送钱啊。"

马四海蒙了："给我送钱？你没发烧吧？"

刘大顺说："我清醒着呢。"

马四海明白了，哈哈一笑，说："叔你是反悔了吧？可我告诉你，你反悔得晚了，木已成舟，生米煮成了熟饭，我已经是村主任了。叔，听我一句话，你还是拿着钱回家吧。这可比你当村主任挣得多，想咋花咋花，钱是你的。"

刘大顺一脸严肃地说："这钱不是我的，也不是你的……"

马四海再一次蒙了："那你说，这钱……该咋办？"

"咱吴桥村不就缺一座桥吗？我当村主任时，做梦都想修一座桥，可我没这个能力啊……这十万块，够修一座桥……"

刘大顺说完，头也不回地跨出门去，留下一脸傻呆的马四海。

屋外，大片大片的雪花飘落下来。

占 道

一大早，新上任的村主任马占山刚走进村委会办公室，屁股还没在椅子上坐稳，会计六毛急火火地跑进来说："主任，村西头的王张罗盖小卖部，把地基扎到街道上了，扎出去有四五尺……"

马占山一愣，拧着眉头说："你看见了？"

"看见了。我还劝过王张罗呢，他说我狗拿耗子，多管闲事……"

马占山"啪"地一拍桌子，大手一挥说："走，看看去！"

两个人一前一后出了门，沿着村街往西走。远远的，马占山就看见王张罗正指挥着几个帮工的在砌砖墙，地基果然扎出街道四五尺，很是突兀，很是显眼。

马占山想，王张罗这是给我上眼药啊，我要是处理不好这件事，以后的工作就别想开展了……这么想着的时候，马占山和六毛已经站到了王张罗的面前。

看见马占山，王张罗一惊，赶忙掏出烟来，边递烟边陪着笑脸说："哦，是主任啊，有啥指示？"

马占山说："你盖小卖部，我不拦着。可你把地基扎到街道上，我不能不管吧？"

王张罗说："哎呀，主任，这事我本来是想跟你打个招呼的，可你刚上任，事儿多，就没打搅你……是这样的，我往街道上扎出这五尺来，是经过上头批准的哟。"

马占山眉毛一挑说："哪个上头？"

"新调来的乔县长啊。"王张罗眨巴着两眼说，"那天，乔县长不是来咱村检查三秋工作吗？喝酒时，我顺便跟他提了这事，他可是点了头的……"

马占山想起来了。那天，乔县长确实来村里检查过三秋工作，中午村里安排吃饭，简简单单的农家饭，可没见他跟谁喝酒啊……马占山说："你跟乔县长……喝酒？"

王张罗压低了声音，一脸神秘地说："主任，不瞒你说，那乔县长可是我大舅哥啊……"

马占山为难了，挠着头在地上转来转去。六毛扯扯他："主任，咱走吧。"

王张罗笑了，得意地冲着帮工的人喊："干活，干活！"

马占山没走，而是紧盯着王张罗看，看得王张罗心里直发毛。"主任，还有事？"王张罗赔着小心问。

马占山哈哈一笑，说："巧了，我跟乔县长一块儿当过兵，是战友。既然他点过头，我不能不给面子……"

王张罗讪讪一笑。

"不过，占道盖房毕竟不是件小事。说严重一点，这是破坏新农村建设。为了给其他村民一个交代，也为了以后的工作，我这就给乔县长打个电话，核实一下。"说完，马占山掏出手机，拨了个号，把手机举到耳边。

王张罗一下子慌了，一把拉住马占山的手说："主任，这么点小事，就别打扰乔县长了。你让盖，我盖。不让盖，我拆……"

马占山偷偷一笑。

往回走的路上，六毛说："主任，你真的和乔县长是战友？"

马占山笑呵呵地说："哪跟哪呀？我还不知道人家乔县长当没当过兵哩。你以为王张罗说的是真话？屁！他满嘴跑火车，就不兴我也跑一回？嘿嘿……"

麦田里有只羊

这一天，大李扛着锄头下地，远远的，就看见自家麦田里有只羊在啃麦苗儿吃。不用看，大李也知道，羊是二虎家的。

二虎是村里的一霸，养只羊，却从来不愿拔一棵草回来，而是把羊拴在自家麦田的地畔上，拴得又不牢靠。时间一长，羊就会挣开绳子，窜到地里啃麦苗儿吃。羊虽然不会说话，却也懂得好赖。二虎家的麦子长得稀稀落落，绿中泛黄，羊也懒得进去，所以紧挨着他的大李家就遭殃了……

那天，大李忍不住，在牌桌上找到了二虎。大李憋着一肚子气说："你家的羊啃我的麦苗儿，你要管一管……"

二虎斜一眼大李，嘴里的烟卷从这边滚到那边："咋管？我把羊拴在你家地里了？"

大李说："你拴得不牢靠，跑我的地里了……不是一次两次了。"

"你见我拴得不牢靠了？真是的，羊进了你的地，撵出来不就得了？跟个牲畜还一般见识，嘛！"说完，二虎不理大李了，自顾埋头洗起牌来。

大李知道，再这样下去，他家这二亩麦子就不用开镰了，这可是一家人的口粮啊。不行，今天非得讨个说法不可！想到这里，大李放下锄头，顺着田垄小心翼翼地走进麦田，牵着羊出了地头。

走不多远，前面有一块麦田，绿油油的喜人。大李知道，这块麦田是胖嫂家的。胖嫂男人不下地，全是胖嫂一个人侍弄出来的。大李看看四周，心里突然一亮，有了主意，手一松，牵羊的绳子落了地。羊大概还没吃饱，撒开四蹄就势钻进胖嫂的麦田里……

165

大李做贼似的回到麦田地头，心"突突"乱跳，一屁股坐在地上，一支接一支地抽起烟来。

　　不对呀？往常的这个时候，胖嫂的身影早就晃动在麦田里了……今天，她咋还不下地呢？大李抽着烟，听着羊啃食麦苗的声音，仿佛在啃他的心一样。

　　日头在头顶晃着。过了一会儿，还不见胖嫂来。大李坐不住了，把手里的烟头一扔，正要起身去牵羊，耳边突然响起一声怒吼："谁家的羊啃老娘的麦苗，找死啊！"

　　大李扭头一看，就见胖嫂挥动着锄头，一蹦一跳地朝羊扑去……

　　大李的心轻松了，脸上露出久违的笑容。

　　对了，胖嫂不是别人，她是村主任的老婆，厉害着呢！

看 电 视

一场大风，刮倒了六毛家屋后的电线杆，把电线也扯断了。家里断了电，干啥都不方便。六毛就去找村里的电工二棒，可找了几次，也没把二棒请上门来。六毛媳妇说："二棒是啥人你不知道？你两手空空去请他，他能理你？"

六毛说："就栽个电杆，接个电线，也是他分内的事。凭啥送礼给他？我偏不送！"

这天傍晚，媳妇连饭也懒得做，啃了个凉馒头就到隔壁看电视去了。看着媳妇扭着屁股出门的背影，六毛突然心里一动，有了主意。

六毛燃起一支蜡烛，炒了一碗黑豆，"嘎嘣嘎嘣"吃下肚，又灌了一大瓢凉水，然后抹抹嘴巴出了门。

六毛没到左邻家，也没到右舍去，而是直奔村东头的二棒家。六毛进门时，二棒和媳妇正歪在沙发里看电视，看得津津有味。看见六毛，二棒没好气地说："你来干啥？不是跟你说过了吗？过几个月要改造线路……"

"不提那事，咱不提那事……家里看不成电视，闷得慌，就上你屋里瞅几眼。"六毛说完，也不管二棒两口子愿不愿意，一屁股坐在地上，神情专注地看起电视来。

只一会儿工夫，六毛就憋不住了，一次又一次地往起抬屁股，惹得二棒媳妇撇嘴瞪眼皱眉头，没了好脸色。二棒也气恼，愤愤地站起身，"砰"地打开了窗户。六毛讪笑着说："媳妇不给做饭，就吃了碗炒黑豆。狗日的屁恁多，憋也憋不住……嘿嘿。"

一集电视剧没看完，二棒的手机响了。接完电话，二棒对六毛说：

"别看了别看了。电管所打来电话，要我立马过去一趟。"

六毛眼睛不挪开电视说："屋里不还有你媳妇吗？你忙你的，我们看，我们看。"

二棒狠狠地走到屋门口，想了一下，回头说："你家断电的事，我过几天就给弄……"

六毛摆摆手说："不急，不急。你家的大彩电就是好，红是红，绿是绿，比我家那台破电视强多啦。赶明儿，我叫上媳妇也来看……"

二棒一下子灰了脸，口气软下来说："好好好，这样吧，我从电管所回来，明天一早就给你栽电杆接电线，成了吧？"

六毛偷偷一笑，从地上站起来，屁颠屁颠出了门，心里说，你以为我愿意上你家看电视啊？我呸！

 # 放火烧山

正午的时候，村子里突然响起一阵阵惊呼：南山起火了！大家快去救火啊！惊呼声如晴空的霹雳，把正在吃午饭的人们震得忘了咀嚼。火情就是命令，何况这火又是烧在南山！老少爷们纷纷撂了碗筷，操起家伙直扑南山。

好在南山的树还没长成，小孩高低，且稀稀落落，阻碍了火势蔓延的速度。护林员五魁发现得及时，众人赶到得迅速，水浇土掩，火很快就被扑灭了。

惊魂未定的人们不由得想起三年前的那场大火，也是烧在这里。那是一场怎样的火灾！火光冲天，浓烟蔽日，噼噼啪啪，整整烧了两天两夜。成千上万的树木被火烧成了灰烬，昔日翁翁郁郁的南山成了不毛之地。更可怕的是，护林员双喜也葬身火海，连一块遗骨也没留下。那年，双喜才刚刚奔三，上有六十多岁的老娘，下有六岁的小孩贝贝，想起来都让人心酸。当然，大家也知道，那场火灾是由邻村一个羊倌抽烟而引发的。羊倌为此付出了惨重的代价，到现在还蹲在监狱里呢。

虽说今天这场火灾没有造成多大损失，但大家还是很想知道放火的人是谁。这也是大家迟迟不肯散去的原因。护林员五魁两手抱着头，蹲在人群里不住地叹气。村主任走过去，碰碰五魁说，老五，这几天你身不离山，应该知道是谁放的火吧？

五魁站起身，噜噜嘴说，知……知道。

大家的情绪被五魁的这句话调动起来，个个抻直脖子，瞪圆了眼睛，急于知道这个放火的人到底是谁。

村主任心里一紧，厉声道，是谁？让他出来！

五魁转身，不慌不忙走向用木头搭建的护林室，工夫不大，带着一个小孩过来。村主任呆了，众人也呆了。这不是双喜的儿子贝贝吗？他才九岁，咋会是放火的人？要知道，他爹为了护林，三年前连命也搭进去了呀。

贝贝显然还没有从刚才的惊吓中缓过神来，头垂得低低的，小小的身子筛糠般抖动。村主任狐疑地看着五魁说，老五，你该不会被刚才的火烧坏脑子吧？贝贝会放火？

不信，你问他嘛。五魁讷讷说。

村主任往前几步，站在贝贝面前，用手勾起贝贝的小脸说，贝贝，跟叔叔说实话，是你放的火吗？

贝贝看着村主任，惊恐地点点头，默认了。

村主任火了，一只巴掌扬起来，大声喝道，你为啥放火烧山？你知道你爹是怎么死的吗？你个小屁孩，胆子也太大了！

贝贝开口了，声音小得像蚊子叫，我……我没想过烧山。

你没想烧山？为啥跑这里来玩火！村主任的巴掌往高扬了扬。

贝贝说，我爹离开我和奶奶三年了。我怕……我怕他跟我和奶奶一样，在那边没钱花。所以……我想给爹烧点纸钱。说着，贝贝的眼泪吧嗒吧嗒落下来。

村主任傻了，高高扬起的巴掌垂下来。

人们恍然记起，三年前的那场火灾不正是发生在今天这个日子吗？

军 礼

徐队长提着双枪，纵身一跃，轻轻翻落院中，闪身到了屋门口，侧身蹲下。屋里，没有一点动静。徐队长飞身而起，一脚踹开屋门，双枪直逼屋里，大喝一声："郑三炮，出来！"

与此同时，二十多名剿匪战士从天而降，堵在屋外，呈扇形排开。黑洞洞的枪口一齐对准敞开的屋门。

屋里，没有郑三炮，只有一个佝偻着腰身的老太太——郑三炮的老娘。

黎明前的一场激战，剿残匪十余人。匪头郑三炮的左臂中了一枪，趁战乱之际逃了出去。徐队长率领队伍顺着星星点点的血迹一路追来，就追到这个叫猫儿庄的小山村。

徐队长一摆头，侦察员小马领命，端着枪进了里屋。

外屋地上，散乱着几团破棉絮，棉絮上沾有斑斑血迹。一件撕去衣襟的蓝布上衣，扔在墙角，徐队长抽抽鼻子，就闻到了烙饼的味道。掀起锅盖，锅里躺着吃剩下的小半块烙饼。徐队长拿在手中，掂了掂，烙饼还有微热。立在灶旁的老太太见状，一把抢过去，放回锅里。

徐队长盯着老太太说："你儿子郑三炮回来过，他包扎了伤口，还吃了你烙的饼，对吗？"

老太太一手压着锅盖，不吐一个字。

侦察员小马从里屋闪出来，拿枪朝身后一指："徐队长，里屋的山墙上有个洞，用木板挡着。这个洞直通后面的大山。郑三炮就是从这个洞里逃走的。"

徐队长果断地一挥手枪："追！"

剿匪战士如一支支离弦的箭，射向大山。

已是深秋，山风阴冷。山道上，落叶满地，随风飞舞。

追出老远，依然不见郑三炮的踪影。剿匪战士有点着急，徐队长的眉头也皱得老高。突然，侦察员小马一指前方："队长，你看！"

前面的一棵大树下，侧面倒着一个人，正是郑三炮。郑三炮刚死，尸体还没有僵硬。奇怪，郑三炮身上再无新的枪伤，左臂那一枪不至于这么快就要了他的性命，他怎么会死在这里？徐队长深感意外。待仔细看时，徐队长吃了一惊。郑三炮两眼瞪得溜圆。那张胖脸呈紫色，痛苦地扭作一团，一缕鲜血，蛇一般爬出嘴角……

徐队长什么都明白了。

太阳已经升高。剿匪队圆满完成任务，凯旋而归，返回猫儿庄。徐队长把队伍集合在郑三炮老娘的大门外，只身跨进院里。老太太手扶门框，立在门口，呆滞的目光望着对面苍茫大山，叹一口气，自言自语说："这个孽障，他跑得了吗……"

徐队长两眼一热，双腿不由自主地靠在一起，冲着老太太举起右手，庄重地敬了一个军礼……

当过逃兵的将军

桃花盛开的三月，十六岁的父亲在村头报名参了军。第二天一早，集合号一响，父亲便跟随大部队出发了。部队刚到黄河岸边，就与日军打了一场激烈的遭遇战。

那是一场怎样的战斗啊！没念过几天书的父亲只能这样来形容：子弹像蝗虫一样在耳边飞。父亲生来胆小，哪见过这样的阵势，当即就吓得尿了裤子。趁人不注意，父亲像只会打洞的老鼠，一头拱进沙堆里，动都不敢动，连大气也不敢喘。好不容易挨到天黑，父亲胆战心惊地从沙堆里退出来，惊如脱兔，没命地顺着黄河古道往回跑。

父亲不知道这里离我们老家有多远，但是父亲却知道我们老家在黄河的正东方。有了这个大致方位，父亲清晨迎着太阳跑，傍晚背着夕阳赶。饿了，啃几块树皮，嚼几段草根。累了，就地迷糊一会儿。半个月后，野人一样的父亲终于摸回村里。已是傍晚，父亲贴着墙根一瘸一拐地走进他熟悉的窑洞门前。

父亲蹑手蹑脚地来到木格窗前，轻轻敲了几下，压低了声音喊："娘，娘！"里面没有回应。父亲拐到门前，伸手一推，门开了。借着微弱的亮光，父亲没有看到奶奶。父亲心里一惊，折身跑出窑洞，扯开喉咙四下里叫："娘，你在哪里？俺是你的前儿啊！"回答父亲的，是过耳的晚风。

这时，院墙豁口探出一个人的脑袋，白花花的头发在晚风中拂动。父亲一愣，揉揉眼看清是隔壁的三奶。三奶冲父亲招招手说："俺听到这边有动静，估摸着是你回来了。咋？还是当逃兵了吧？"父亲不吱声，闷着头说："婶，俺娘呢？"三奶脚底一滑，摔倒在墙头那边。

父亲赶过去，扶三奶回了屋。三奶忙从筐箩里拿出两个菜团子交给父亲，父亲饿极了，也不谦让，抓起菜团子就往嘴里塞，噎得父亲直翻白眼。三奶舀一碗水递给父亲，父亲接过来，咕咚咚灌下。父亲抹抹嘴说："婶，你快告诉俺，俺娘去了哪里？"

　　三奶跌坐在炕沿上，摇摇头，叹一声说："前儿，你胆子小，婶说出来怕吓着你。这样吧，你靠在门板上，靠实了，婶告诉你。"父亲一个立正，背抵在门板上。三奶看着父亲，嘴角一阵抽搐，眼泪扑簌簌落下来，好半天才说："一个月前，日本鬼子的一个小分队杀进了村。你娘上山挖苦菜回来，正好被小日本堵在了村口。小日本抢了你娘的菜篮子，还要作践你娘。你娘性子烈，至死不从……结果就让小日本拿刺刀给挑了……"

　　父亲两眼一翻，头一歪，面条似的顺着门板出溜到地上。

　　直到第二天下午，父亲才醒过来。醒过来的父亲迷迷瞪瞪，像个傻子，嘴里不住地说："娘，等等俺，俺陪你去……"三奶吓坏了，一个劲儿地劝父亲，直劝得舌根发硬，嘴角泛起白沫子。父亲不死了，对三奶说："俺娘葬在哪里？俺去给娘磕个头！"

　　三奶陪着父亲来到桃花岗，岗上的桃花已经散尽。一座圆圆的坟包出现在父亲的面前，父亲身子一抖，扑通跪到地上，头抵着坟包，两只手死死抓着坟土。父亲低沉的呜咽像闷在草垛里的牛哞。

　　一旁的三奶抽抽答答，眼泪砸在坟包上。

　　父亲哭够了，拍拍手站起身。这时的父亲像换了个人，眼睛红红地拔起插在奶奶坟头的一根柳丧棒，两臂一使劲弯成弓形，对着奶奶的坟包喊："娘，你等着，俺一定给你报仇！杀不了狗娘养的小日本，俺就是这根柳丧棒的下场！"说罢，父亲手中的柳丧棒"叭"地断成两截。

　　父亲扔掉柳丧棒，转身便走。三奶一把扯住父亲说："前儿，你去哪里？兵荒马乱的，你胆子又这么小……"

　　"俺不当逃兵了，俺找队伍去！"父亲说完，头也不回地大步走下山岗……

 # 那年的太阳

那年的天空，晃动着不一般的太阳，一支马队由远而近，风一样卷进村庄。马蹄踏过的地方，荡起滚滚烟尘，树上的秋叶纷纷坠落。

马队在一破败的院落前停下。为首的是个年轻军官，笔挺的黄呢制服，漆黑的马靴，匣子枪腰间别着，透着阴冷，藏着杀机。军官甩镫离鞍，翻身下马，甩开大步，跨向院门。随从不敢怠慢，簇拥左右。军官站定，目不斜视，右臂微抬，展开的手掌像把利剑，把随从齐刷刷斩断在院门口。

院内一角，二豁抢斧劈柴。看见突如其来的马队，二豁慌作一团，斧头握得更紧。兵荒马乱的年月，凶多吉少。军官大步走来，像座铁塔立在二豁面前，二豁惊恐的眼神老鼠般在军官脸上蹿来蹿去。突然，二豁丢了斧头，跃身而起，扑向军官，嘴里叫一声，哥！

军官扶住二豁，摸摸二豁蓬乱的头发，目光越过二豁，在院子里游走，却没有看见他要找的另一个人。军官收回目光，有点急切地问，二豁，翠翠哩？

二豁的脑子怕是搭错了弦，一时没转过弯来，迷迷瞪瞪，张开的嘴像个没遮拦的洞。

军官双手握住二豁的肩，边晃，边说，翠翠是你嫂子，哥和她拜堂才三天……

二豁的身子似抽了筋骨，软塌塌出溜下去，泪水稀哩哗啦淌了一脸，我嫂子她……她死了！

一个炸雷，从军官心头滚过，空气似凝固了。军官呆若木鸡，眼瞪得如牛眼。翠翠……咋死的？军官的话，是从牙缝里一个字一个字挤出

来的。

二豁抹把泪，眼前又现出那血腥凄惨的一幕。三个月前，鬼子进了村，我嫂子正在碾谷糠，让小日本堵在碾坊里……

军官大叫一声，铁青的脸可怕地抽搐着。军官连退数步，立在当院，抬头望望天空，一只孤雁凄婉地掠过头顶。军官摸出手枪，交至左手。黑乎乎的枪口，对准张开的右手，砰！沉闷的枪声响过，空气支离破碎。军官的右手已鲜血淋漓，像一片折断的枫叶，无力地垂落下来……

二豁连滚带爬，扑向军官，失声喊道，哥呀！

十几个随从破门而入，哗啦啦围住军官，齐声大叫，团座！

那年的太阳，晃动在秋天的天空，凄凉而阴冷……

卖土鸡

栓子蹲在农贸市场里卖土鸡，每斤五块钱，便宜得很。可是，眼见日头晃过半午了，栓子愣是没卖出一只土鸡。也不是无人过问，而是那些看过土鸡的人一问栓子的价格，二话不说，都摇头走开了。栓子就纳闷，自己的土鸡卖得不贵呀，咋就没人肯买呢？莫不是城里人不兴吃土鸡了？

这时，对面卖红薯的那个红脸汉子走过来，蹲在栓子一溜儿摆开的土鸡旁，用手捏了土鸡的爪子，拎拎这只，掂掂那只，嘴里自言自语道："嗯，不假，是土鸡哩。"

栓子一下子来了精神，忙搭腔说："大哥你有眼力，一眼就看出这是正宗的土鸡。不瞒你说，都是自家养的。大哥，买几只尝尝吧。"栓子很希望红脸汉子给他开个市。

红脸汉子站起身，拍拍手掌说："兄弟，价格能不能再降点？"

栓子拖着哭腔说："大哥，这个价已经够低了，再不能降了。"

红脸汉子摸出烟，点一支叼在嘴上，吐个大大的烟圈儿说："兄弟，按每斤四块五，你的土鸡我全要了，你看咋样？"

"每斤四块五你全要？"栓子吃惊地张大嘴巴，半天合不拢。

红脸汉子说："咋？你不相信？我绝无戏言噢。"

栓子一想，也行，碰这个大买主不容易，反正是自家养的，少点就少点吧。"四块五就四块五。"栓子挺爽快地答道。

当下，栓子就麻利地装鸡，过称。红脸汉子也是说话算数，如数付了钱，临了，又让栓子帮他把那二十几只土鸡搬到对面的红薯摊前。栓子颇为不解地问："大哥，你买这么多土鸡干啥？是送人，还是自家吃呀?"红脸汉子把烟扔了,拍拍栓子的肩,嘿嘿一笑说:"我买鸡干啥和你有关吗?兄弟,时候不早了,快回家吧。"栓子想想也是,推起自行车往前走。背后,红脸汉子不忘叮嘱栓子:"兄弟,以后有土鸡,还来找我!"

走到市场门口,栓子挪不动腿了。一家小面馆飘出的饭香味儿勾引得栓子直咽口水,肚子也跟着咕咕叫起来。栓子这才想起,从清早到现在,他还没吃过一口饭呢。栓子想,还有十几里山路,肚里没食可不行。栓子摸摸鼓鼓的口袋,毫不犹豫地走进了小面馆。

从小面馆出来,就快到中午了。栓子惊异地看到,下了班的人们潮水般涌向市场,买菜的,买肉的……市场里一下子热闹起来。栓子打开自行车锁刚要走,耳边突然响起电喇叭粗犷的吆喝声:"土鸡,正宗的土鸡!八块钱一斤,快来看,快来买!"

吆喝了一遍又一遍。

听声音,栓子就知道,是那个卖红薯的红脸汉子在叫卖他的土鸡哩。

栓子偷偷一乐,差点笑出了声儿。这个卖红薯的红脸汉子脑不是给驴踢了?我五块钱一斤还卖不出去,你卖八块钱一斤,谁要?

可是,接下来发生的事让栓子打破脑袋也想不通。他分明看见,有不少人拎了土鸡朝这边过来,其中一对小夫妻每人手里竟拎了两只土鸡!

栓子的眼珠子都快蹦出眼眶了,乖乖,没错儿,那些土鸡就是他卖给红脸汉子的。

栓子不急着回家了,他很想知道其中的奥妙。待那对小夫妻走到近前,栓子挤过去,张了几次的嘴,却没敢问人家。倒是从门外进来的一位老太太帮了栓子这个忙。显然,老太太认识那对小夫妻,隔几步便打起了招呼。老太太说:"你们的土鸡是从里面买的吗?"那女的说:"是啊,大妈,您也想买?"老太太扁扁嘴说:"我上午看过了,有个卖土鸡的只卖五块钱一斤,怕是假货,没敢买。"那女的又说:"正宗的土鸡哪有五块钱一斤的?至少也得八块,您没买就对了,免得上当受骗。大妈,您往里面走,找那个卖红薯的红脸汉子,他的电喇叭还在吆喝着呢。我们常向他买红薯,不坑不骗,买着放心。"

妈的,还不坑不骗?!一旁的栓子真想破口大骂。

闯红灯

1

上午8点，出租车停车场里，走来一个五十开外的瘸腿男人。男人在一溜儿排开的出租车前面转来转去，还眯着眼仔细看车上的牌号。

有的哥招呼男人说：“老哥，打车啊，还是相车？”也有的哥相互挤眉弄眼：“老哥是福尔摩斯？可出租车近来风平浪静，没出过啥事啊。”

男人在一辆车牌号尾数是456的出租车前站下，伸手拍了拍车头，意思是说就这辆车了。

的哥是个二十出头的小伙子，正忙着发短信，见有人打车，合上手机推开车门说：“老哥，去哪儿？”男人说：“去西华岭。”

出租车驶出停车场，男人说：“小伙子，我到西华岭有点急事，你能不能把车稍稍开快点？”的哥一换档，脚一踩油门，出租车“嗖”地朝前蹿去，越跑越快，四个轮子快不着地了。男人赶忙说：“小伙子，太快了，慢点吧。”的哥撇撇嘴，心里说，老家伙，你让我快我就快，我让我慢我就慢呀？我就那么听你的？

前面是十字路口。

“红灯！”男人的惊叫声刚落音儿，出租车早已闪了过去。的哥回头冲着一脸紧张的男人说：“这里没交警，也没安摄像头，屁事没有。”说完，噘起嘴，吹起了口哨，把好端端的一首《回家》吹得一塌糊涂。

2

中午 12 点，出租车停车场里，走来一个叫小美的女孩子。小美走到车牌号尾数是 456 的出租车前站下，的哥一步蹿过来说："小美，咋才来？你爸妈不是约我见面吗？我得倒腾倒腾，还得备份见面礼不是……"

小美说："不用了，见面取消了。"

的哥吃惊地张大嘴巴："为啥？"小美不说话，的哥急了："取消见面，就是不同意咱俩继续交往对不对？你说，到底为啥？我就是死也得死个明白！"

小美说："你上午是不是拉一个人去西华岭了？"的哥点点头。小美又说："那人是我老爸。"

的哥蒙了，想了半天，突然扑哧笑了："小美，我们还没见过面。我要知道是他老人家，咋也不会收他的钱。这事可不能怪我呀！"

小美说："你一路把车开得飞快，是吗？"

的哥说："这也不能怪我，是他老人家说有急事，让我开快点。"

小美跺着脚说："可他没让你闯红灯啊！我老爸开了一辈子的车，是个老司机了，因为年轻时开车伤了腿，他最痛恨的就是开车闯红灯的人！他今天坐你的车，就是看你够不够格……"

# 脸　面

三锹心里不爽，是因为二筐过生日引起的。

二筐六十岁生日那天，在城里的女儿专门回村给他祝寿，带着礼品，开着小轿车，羡煞村里多少人的眼球。二筐呢，腰杆挺直，逢人便笑，着实赚足了面子。

三锹和二筐从小一块儿长大，在三锹的印象里，二筐就没有超过他的时候。比如，两人娶媳妇时，三锹的媳妇就比二筐媳妇漂亮。再比如，生孩子的时候，二筐媳妇生得个女孩，三锹却添了个带把儿的。后来，三锹当了村主任，二筐虽说不差，却只是个副的。老了老了，能在过生日这件事上输给二筐吗？这可是个脸面问题呢！

好在下个月的初六，就是三锹的六十三岁生日。三锹打电话给在城里的儿子，说明意思。儿子哈哈一笑说，爹，这事好办，我干脆在城里的大酒店给你祝寿吧。儿子有的是钱。三锹说，不用，你有这个心爹就高兴，咱就在村里的农家乐订几桌。儿子说，正好，我刚处了个对象，叫咪咪，到时我带她一块儿回去。双喜临门呢。三锹笑逐颜开，连声说，好啊，好。

生日的前几天，三锹在农家乐订了几桌，然后挨着个去通知能来的人。临走时，总要说一句，我儿子要带城里的媳妇回来呢。

初六这天，三锹早早起来，洗了脸，刮了胡子，换上过年才穿的新衣服，屋里屋外地转悠。看看时辰，是时候了，便背着手，挺挺刮刮踱到农家乐。

十一点多钟的时候，通知的人都来了，大伙围在农家乐外面的空地上，有说有笑。二筐也站在人群里。有人对三锹说，还是老主任行啊，

过生日来饭店咱村还是头一个呢。三锹笑而不答，脸上写满得意。

十一点半，一辆小轿车从远处而来，稳稳地停在农家乐门前。人们呼啦围过去。三锹的眼睛早眯成一道缝儿，不说别的，就儿子这辆小轿车，也比二筐女儿的气派。

儿子下了车，一身名牌，气度不凡，挨着个给大伙散烟。好烟呢，三锹偷眼看见，有好几个人不舍得抽，端详半天，悄悄装回口袋里。

这时，车里传来一个女人的叫声，大品，你想憋死老娘啊！

大品就是三锹儿子的小名。人们一怔，眼巴巴看着大品打开车门，从里面搀出一个珠光宝气、又胖又老的女人。

谁呀？有人忍不住悄悄嘀咕。

三锹可不傻，几步过去笑眯眯地说，亲家母，你也来给我祝寿啊！欢迎欢迎！

女人一愣。

儿子瞪一眼三锹说，爹，你瞎掰个啥？她就是咪咪，你的儿媳妇！

喝　酒

我和徐三是铺邻。

徐三开家日杂店，隔三差五，他就向我借钱，三百五百不嫌少，千儿八百不嫌多，我简直成了他的提款机。刚开始，徐三还懂得有借有还，后来，是光借不还，非逼着我登门去要。记得有一次，我进了一批货，店里的钱凑不够，猛然想起徐三上个月曾向我借过两千块钱，就让妻子过去讨要。徐三倒没说什么，徐三老婆却不高兴了，拉长一张驴脸说，上吊也得给点拴绳子的时间吧？是要钱还是要命啊？

钱没要来，惹了一肚子的气。妻子回来后瞪着我说，你记着，从今往后，不准借给徐三一分钱！

那天，我要回一笔五千多块的欠款，还没进店门，就被徐三拉在了一边。我知道，徐三又要向我借钱了。我想起妻子上次说的话，便不动声色地看着徐三，想着他如何向我开口，也想着我该如何应对他。

然而，我错了，徐三并没有向我借钱，而是一脸真诚地对我说，兄弟，哥有瓶好酒，中午咱哥俩到对面的酒店去点几个菜，整几盅，算哥请客，咋样？

我这人也是个酒虫子，一听有好酒，口水直往上涌，我问徐三，啥好酒啊？

徐三说，古贝春啊，没听说过吧？咱这地儿还没人卖。是我那当兵的弟弟从山东给我带回来的呢。

我笑笑说，三哥，不是鸿门宴吧？

徐三说，哪里，哪里呀！兄弟，这些年来哥可没少麻烦你啊！人嘛，要知恩图报，要讲良心不是？走吧，给哥个面子。

我一想，这几年徐三确实没少向我借过钱，我那些钱就是存在银行里，也挣不少利息吧？吃他一顿也不为过。再说，请客没恶意，我要是拒绝，就显得没人情味儿了不是？

来到酒店，徐三要去前台点菜，我赶忙叮嘱他说，三哥，就咱两人，少整点，多了浪费啊。

徐三满口应承，知道，知道。

菜真的不多，就几盘。酒瓶打开，香气四溢。徐三斟满两杯，端在手里，看着我说，兄弟，来，干了！我捏起酒杯，一仰脖，干了下去，抬手抹抹嘴巴说，啧啧，真是好酒呢！

接下来，我俩推杯换盏，你来我往，一瓶古贝春很快见了底儿。

酒足饭饱，我站起身对徐三说，时候不早了，快去把账结了，咱店里可离不开呢。

就去，就去。徐三捏起盘里的几粒花生米，丢进嘴里，腮帮一动一动地咽下去，转身朝前台走去。刚走几步，又折转回来，用手挠挠光秃秃的脑门说，哥没带钱，没法去结账了。

请客你不带钱，请的哪门子客？我那个气啊，恨不得踹他一脚。又一想也对，徐三拿酒，我出菜钱，两不相欠，也好。我顺手掏出一沓钱，抽出一百块递过去说，菜算我的！说完，大步朝门口走去。

徐三急了，一把拽住我说，兄弟，这点钱不够啊！

我一惊，不会吧？就我们刚才点的那几盘菜，满打满算，也不会超过一百块。我说，三哥，你以为我没在酒店吃过饭？

徐三拽着我不撒手，牙疼似的说，不是，是我以前还欠酒店五千块哩……再不还钱，人家要起诉我……